LES DEUX
MOINES,

PAR

CAMILLE LEYNADIER.

I.

PARIS,
CHARLES LACHAPELLE, ÉDITEUR.
75, RUE SAINT-JACQUES.

1838.

LES DEUX
MOINES.

I.

LES DEUX

MOINES,

PAR

CAMILLE LEYNADIER.

I.

PARIS,

CHARLES LACHAPELLE, ÉDITEUR.

75, RUE SAINT-JACQUES.

1838.

I.

L'ABJURATION.

Senza illusione, addio la vita.
Sans illusions, adieu la vie.

MÉTASTASE.

Courbe la tête, Sicambre, adore
ce que tu as brûlé et brûle ce que
tu as adoré.

SAINT-RÉMI.

Peu de personnes ont visité l'antique chapelle de Notre-Dame de Lin.

C'est un antre profond, creusé dans une

montagne à pic servant jadis de digue à l'ancien lac de Pomerou. Tout auprès jaillissent, en torrent, les éaux réunies des glaciers des Monts-Maudits, s'engouffrant écumeuses dans des cavités souterraines près de Venasque.

On jouit de là d'un point de vue magnifique. En face la crête entr'ouverte des rochers de la Picade : au bas une pelouse pittoresquement accidentée : dans le fond le sommet cylindrique de l'Erist s'élançant d'un champ de neige comme une énorme tour découronnée, et la masse lourde du Néthou semblable à une pyramide couverte d'un manteau de glace.

Cette chapelle, ou pour mieux dire, cette caverne était jadis consacrée à la superstition : on l'appelait la *baume des fées*. Plus tard elle fut dédiée à la vierge dont elle porte le nom. Aujourd'hui elle sert de refuge aux chevriers et de halte aux voyageurs qui, de l'Arragon viennent en Aran par la vallée d'Essera.

En l'an 1206, une vierge de quinze ans, belle entre toutes les belles, glissait comme un rayon du soleil sous les sombres voûtes de l'antre. Soucieuse et timide, elle foulait les feuilles sèches de pins qui en recouvraient le sol et se retournait de temps à autre pour échanger un regard avec un beau jeune homme nommé Saphor qui marchait à quelques pas d'elle. Chaque fois, elle baissait vitement les yeux et rougissait : lui s'enivrait de la vue des formes gracieuses de la jeune fille, et frissonnait de plaisir, à la seule pensée de pouvoir bientôt, sur un signe d'époux, s'initier aux mystères pudiques de cette si angélique création.

Llinda — c'était le nom de la vierge — était fille et unique héritière de Jehan Durand,

le plus riche et le plus fougueux des pré-
dicans, parmi ces sectaires connus sous la
dénomination de cathares ou bons-hommes.
Mais alors écrasé sous le poids des infirmi-
tés, des persécutions et des ans, atteint
d'un mal incurable, Durand avait renoncé
à la prédication. Suivi de sa fille, il s'é-
tait retiré dans la vallée d'Aran, enclavée
dans les états du roi d'Arragon qui en
protégeait les habitans contre les brûleurs
de Rome.

Dans cette paisible retraite, désespérant
de la cause de son Dieu, il gémissait sur
les conditions de misère et d'humiliation
dans lesquelles vivaient ses frères en religion. Aux avanies raffinées dont leur foi
vive subissait depuis longues années l'é-
preuve, s'était joint une de ces grandes persécutions connues sous le nom de croisades où des prêtres, sur les traces de massa-

cœurs, en Asie, en Europe, partout, semblaient vouloir faire un cimetière du monde
pour régner ensuite sans opposition sur des
morts.

Étranger alors à ce grand bouleversement
social, résigné comme le sage, et comme lui,
ne vivant que dans son passé, Durand bor-
nait ses vœux à voir, avant sa mort, sa Llinda
mariée. Il la destinait à Saphor, soldat de
fortune, ayant gagné ses éperons en Palestine,
et armé chevalier sur les murs de Man-
soure.

Saphor et Llinda s'aimaient et hâtaient de
toute l'impatience de leur âme amoureuse
l'accomplissement des vœux de Durand.

Par un hasard fatal, la naissance de Saphor
semblait devoir opposer à cette impatience et
à ces vœux, un de ces obstacles, qui, sans
être invincibles, sont le centre autour duquel
se groupent tant de haines mesquines, tant

de passions irréfléchies , qu'une existence d'homme se brise parfois et s'use toujours à les surmonter.

En effet Saphor était fils d'un frère prêcheur nommé Dominique , épave d'enfer de son vivant , saint depuis sa mort et qui ne pouvait , sans donner un démenti à sa vie entière , consentir au mariage de son fils avec la fille de l'hérétique Durand. Puis, dans leurs carrières rivales , placés en évidence l'un et l'autre , en contact par le point le plus irascible chez l'homme, le fanatisme religieux, ces deux pères s'étaient mutuellement voués , un de ces sentimens haineux , nés de la jalousie de position , et fomentés par l'esprit du parti. Dans des conférences sur les dogmes, le prédicant avait avec succès , combattu les sophismes du prédicateur et mille passions ayant l'amour-propre en tête, s'étaient donné la main pour envenimer ce triomphe que Dominique n'avait jamais pu pardonner à Durand. En toute occasion, il l'avait traité avec cet implacable acharnement d'un moine irritable et jaloux ; aussi, dans cette circonstance, Durand avait-il compté sur son refus.

Il ne s'était pas trompé.

En effet, lorsque Saphor, cet enfant légitime qu'il avait eu avant d'entrer dans les ordres, lui avait demandé son consentement à son mariage, Dominique avait répondu par des injures, des menaces et un refus positif.

Façonné à la vie indépendante et relâchée des camps d'alors, Saphor avait trouvé déplacé le rigorisme de son père. Durand outré de dépit avait menacé de retirer sa parole et de rompre ce projet de mariage ; mais plus tard, les larmes de sa fille et l'assurance donnée par Saphor, qu'en abjurant, Llinda désarmerait Dominique, lui avaient arraché son consentement au mariage et à l'abjuration.

C'était pour procéder à cette dernière cérémonie que Saphor et Llinda s'étaient rendus à la chapelle de Notre-Dame-de-Lin.

Le vieux Durand transigeant avec le rigorisme de sa caste, avait voulu assister à l'abjuration de sa fille. Il avait hésité long-temps entre ses principes et sa condescendance ; mais se voyant au terme de sa vie si agitée, pliant sous le poids d'une maladie mortelle, il avait jeté un regard en arrière. A la vue des persécutions et des massacres dont les bonshommes et leurs sectaires cumulaient les rigueurs, son zèle pour les nouveaux dogmes s'était refroidi. Sentant ses dieux vaincus lui manquer, il avait voulu léguer en mourant, le bonheur de sa fille aux dieux triomphans et suivi de quelques amis, il s'était fait transporter à la chapelle sur une basterne (1) non attelée.

(1) Espèce d'ancien char qui pouvait se porter à bras.

Il était nuit. Un prêtre vieilli au service de Notre-Dame-de-Lin, avait revêtu ses habits de chœur. Son dos voûté était recouvert d'une modeste chape en laine et soie. Sa barbe était longue et blanche comme l'aube plissée qu'il portait par dessus sa robe noire. Tout près du baptistaire recouvert de voiles blancs, emblème de rénovation et de purification, Llinda se préparait avec ferveur à l'acte religieux dont Saphor devait être le prix.

Non loin de là, gisait à demi-mort Durand fixant sur elle son regard éteint. Saphor, la tête haute et le front soucieux, s'était adossé contre un bloc de granit aux infractuosités du quel étaient appendus des ex-voto et des images de saints. De là ses regards brillans d'amour plongeaient sur cette jeune fille agenouillée qui lui sacrifiait sa foi et se reportaient humides d'émotion sur ce vieux père mourant qui semblait, pour expirer, n'attendre que cette abjuration. Peu d'amis, quelques curieux et deux ou trois acolytes secondant le chapelain formaient l'assemblée. Une lampe suspendue à la voûte et une torche portée par un des acolytes, jetaient sur tout cela plus d'ombre que de lumière.

Les cérémonies préparatoires étaient commencées à peine lorsqu'un épouvantable orage éclata au dehors, mêlant son bruit d'enfer aux prières célestes du chapelain, aux soupirs de Llinda et aux râles de Durand : car, il râlait le vieux père, comme si sa mort eût été le prix convenu du salut de sa fille.

Tout à coup ébranlé par les incessantes saccades de l'ouragan, un énorme bloc de basalte se détacha de la voûte, laissant à découvert un ciel d'eau et de feu qui sembla vouloir être témoin de l'abjuration de cette jeune fille. Poussé par des torrens de grêle et de vent, ce bloc roula sans blesser personne et

avec un horrible fracas, jusqu'auprès du baptistaire.

Tout s'éteignit.

Et alors, pendant les rares momens où se
tut l'orage, il y eut quelque chose d'éminem-
ment grandiose et religieux dans cette intervention d'un ciel en colère. Puis ce vieux
chapelain, avec sa tête chauve et sa barbe
blanche, psalmodiant d'une voix creuse et
presqu'éteinte : cette jeune fille à genoux demandant à Dieu la prolongation des jours de
son père et un peu de bonheur pour elle :
ce jeune homme s'enivrant d'espérance et d'a-
venir au milieu des décombres : ce vieillard
n'ouvrant ses yeux mourans que lorsque la
vive lumière d'un éclair illuminait tout de sa
clarté subite ; puis encore ce bruit et ce silence, ce tonnerre et ce vent, et, plus que tout,
ce conflit de vie et de mort, de destruction et
de salut jetèrent dans l'âme des assistans, une
foule de grandes et pieuses réflexions.

Cependant au milieu de l'obscurité profonde qu'interrompait la seule lueur des éclairs, Llinda prononça d'une voix tremblante la formule d'abjuration et Rome compta dans son sein un enfant de plus.

La cérémonie terminée, un des acolytes ralluma la lampe et Llinda se rapprocha de son père, ce vieux dissident à la vie orageuse et probe et dont les élémens semblaient alors se disputer le dernier soupir et l'âme.

En effet l'orage avait redoublé de violence. Plus que jamais il ventait, il grêlait, il tonnait. De la montagne ébranlée se détachaient des fragmens énormes : elle paraissait prête à s'écrouler. On eût dit que le ciel et la terre protestaient contre l'abjuration de Llinda, cette vierge à la fervente allure, à genoux alors auprès du vieux Durand dont elle réchauffait les mains glacées, dont ses longs cheveux blonds ombrageaint la poitrine comme pour l'abriter

sous ce bouclier d'or. Saphor était agenouillé
à côté d'elle. Il était l'élu de son cœur; elle
était l'âme de son âme. Plaisirs et peines,
angoisses et joies, tout alors devait être commun entre eux. Il partageait sa douleur filiale;
avec elle il pleurait Durand sur son lit de
mort.

Cette vue parut ranimer le moribond. Un
éclair de joie brilla dans ses yeux. Il fit un
effort sur lui-même, étendit ses mains déchar-
nées sur Saphor et sur Llinda et profitant
d'un instant de répit de l'orage, il dit au milieu
d'un religieux silence :

— Je vous bénis, mes enfans !

— Et moi, je vous maudis ! reprit une voix
sonore qui parut sortir d'un éclair dont la
clarté blafarde avait soudainement illuminé
la chapelle.

Ces accens de colère jetés au milieu de cette
scène de douleur et de piété, retentirent sous

ces voûtes comme aux flancs des glaciers, la chute d'une avalanche. Mus par un indéfinissable effet de terreur et d'angoisse, les assistans tombèrent à genoux le front dans la poussière, sans oser relever la tête. Llinda se blottit dans les bras de son père mourant, croyant entendre encore cette malédiction sortant du milieu des éclairs comme la voix de Dieu sur le mont Sinaï. Saphor seul, son épée à la main, parcourut en forcené tous les recoins de la chapelle, cherchant l'auteur de cette insolente malédiction.

Tout à coup il se trouva face à face avec un homme acculé dans un des coins les plus obscurs, et dont les yeux flamboyans brillaient dans l'obscurité comme des lucioles. Il se précipita sur lui l'épée haute.

— C'est moi ! lui dit cet homme en allant à lui, je suis Dominique ton père !

Saphor resta pétrifié, l'arme s'échappa de

ses mains. Sa tête retomba sur sa poitrine.

Dominique dont le regard et les paroles semblaient l'avoir cloué au sol, passa devant lui, et traversant fièrement la chapelle, s'arrêta devant Llinda et son père et s'écria d'une voix terrible.

— Malédiction sur la fille réprouvée! malédiction sur le père réprouvé! malédiction sur le fils rebelle qui me désobéit!

Et il sortit à pas précipités laissant onduler au vent sa longue robe noire et blanche.

Ces dernières paroles dissipèrent tout ce qu'avait eu jusqu'alors de surnaturel cette scène; une effrayante réalité resta seule. Entre Saphor et Llinda, et comme un obstacle insurmontable, venait de se placer dans toute allure d'énergumène, le fanatisme farouche de Dominique. L'abjuration de Llinda, loin d'en conjurer les terribles effets, en avait activé l'explosion.

Cette opposition fut pour Saphor, le présage d'un avenir de luttes et de malheurs. Il aimait trop Llinda pour renoncer à elle ; et puis fidèle aux sévères principes de l'honneur chevaleresque, il se fût cru indigne du nom et de l'épée de chevalier s'il eût transigé avec sa parole donnée, s'il eût forfait à sa foi jurée. D'autre part, le caractère implacable de son père refoulait au loin tout vestige d'illusion, toute lueur d'espoir. Il ne pouvait attendre de lui ni répit ni grâce. Car par un fanatique rigorisme digne de sa vie entière, Dominique avait quitté le camp des croisés, et le tribunal d'inquisition en herbe qu'il présidait pour venir jeter son cri de malédiction sur cette union. Saphor qui le connaissait, désespéra de le fléchir. La rapide succession de ces idées et de bien d'autres tout aussi désespérantes, ne lui révélèrent que des impossibilités.

Il en pâlit d'effroi.

Quant à Llinda, sous le poids de la douloureuse impression d'un si cruel désappointement, elle ne voyait ni son père dont elle
pressait les mains froides et glacées, ni Saphor
revenu auprès d'elle et se penchant à son
oreille pourjeter dans son cœur quelques paroles de consolation et d'espérance. Mais
dès les premiers mots de cette voix si chérie,
elle sortit comme d'un rêve. Ouvrant lentement les yeux, elle rencontra ceux de Saphor.
Dans ce regard ils se dirent tout ce qu'ils
avaient dans l'âme. Et peu après comme hon-
teux l'un et l'autre d'avoir eu une pensée d'a-
mour au pied du lit de mort de leur père, ils
se baissèrent pour en demander pardon à Durand qui ne leur répondit ni du regard, ni de
la voix.

Il était mort.

La malédiction de Dominique en brisant la

dernière espérance, l'avait frappé comme un coup de foudre.

Cette vue rouvrit de vieilles blessures encore saignantes dans le cœur de Llinda; sa mère, ses frères avaient péri victimes de leur foi religieuse, son père venait de les rejoindre au ciel. Elle se vit seule sur cette terre de misère : son isolement l'effraya.

— Saphor, s'écria-t-elle d'une voix entrecoupée de sanglots, il ne me reste que toi sur la terre.

—Je ne te faillirai pas, lui répondit Saphor : je le jure sur le cadavre de ton père !

Et, suivant tristes la basterne sur laquelle gisait mort Durant, ils sortirent de la chapelle.

II.

LA VISION.

> L'homme sème dans l'angoisse,
> et ne recueille que des larmes et
> des soucis.
>
> VOLNEY.
>
> *By the prickmg of my*
> *thnncles sommelhing wicked*
> *this way comes.*
>
> Par le picotement de mes doigts
> je me suis aperçu que quelque
> chose de profane a passé autour de
> moi.
>
> SHAKSPEARE.

Plusieurs mois s'étaient écoulés depuis l'effrayante scène de la chapelle de Notre-Dame-de-Lin. Le vieux Durand reposait sous une

tombe dont les larmes de sa fille avaient plus
d'une fois sillonné le marbre, et Dominique
n'avait pas faibli dans son implacable résolu-
tion. Quant à Saphor et Llinda, sous le déce-
vant délire d'un amour partagé, ils avaient con-
sidéré sa malédiction comme un fâcheux incident mais non pas comme un obstacle. Comptant sur le temps et sur la voix de la nature,
ils s'étaient mariés sans son consentement.

Le mariage avait été célébré dans le château patrimonial de Llinda, situé dans la dé-
licieuse vallée d'Aran tant dorée par le soleil,
tant caressée par le vent frais des montagnes.

Création embaumée de jeune femme, fraîche, suave comme une idée matérialisée
d'artiste; Llinda avait rempli cette vallée de
ses grâces de quinze ans et de ses émanations
d'amour. Pendant les réjouissances des no-
ces, au milieu des longs cris de fête qui
avaient jailli des bois, des collines, de l'air,

de partout dans les environs du château, la
bannière de Saphor hissée sur la tour la plus
haute, avait laissé frissonner au vent son léo-
pard endormi. On avait épuisé les fleurs des
environs pour faire serpenter partout des
arabesques bleues et rouges. L'entraînement,
le délire du plaisir avaient ébranlé la vallée :
la joie, la volupté couru dans l'air avec la
poussière qu'illuminait le soleil du midi. Aux
danses voluptueuses et animées, aux symphonies mélodieuses des arbres, aux bruissemens
fantastique des torrens, s'étaient mêlés les
accords vibrans de la citole et de la mandore.
Les violars et les musards avaient fait grincer
un espèce d'instrument à dix-sept cordes tou-
chées à la fois par des roues de vielle. Les
trouvères s'accompagnant de la manicarde et
de la gigue, avaient entonné leur lays et sir-
ventes, aubades et martigales. Comme la volupté, la mélodie avaient couru dans l'air avec

le parfum des fleurs , les rayons du soleil et les œillades enivrantes des délicieuses jeunes filles de la vallée d'Aran , chantant en langue romane et en l'honneur du chevalier français Saphor, la chanson suivante composée par Frédéric Barberousse, ce vagabond empereur qui avait retracé dans ces vers ce qui l'avait le plus frappé pendant le cours de sa vie errante.

Plas my cavalier Frances,
J'aime le chevalier Français,

E la donna Catalana,
Et la dame Catalane,

E l'onrar del Ginoès,
Et les manières des Génois,

E la cour de Castellana,
Et la cour de Castille,

Lou cantar provençales,
Le chant provençal,

E la dansa Trivisana,
Et la danse de Trévise,

E lou corps Arragones,
Et le corps Arragonais,

E la perla Juliana,
Et la perle Julienne,

La man e kara d'Angles,
La main et le teint d'un Anglais ;
E lou donzel de Toscana.
Et le jeune homme de Toscane.

Au milieu de ces fêtes et de ces champs,
Saphor n'avait vu que sa jeune femme elle
qu'il avait tant aimée, tant désirée, elle dont
le nom seul avait brûlé ses joues et qu'il avait
initiée à une immense révélation de volupté.
Mais comme si le sort jaloux lui eût envié son
éphémère bonheur, à peine avait-il goûté à ses
galvaniques lèvres de femme qu'elle lui avait
échappé cette ange si belle.

Voici comment.

Outré d'avoir vu mépriser ses menaces et ses
malédictions, Dominique avait roulé mille
projets de vengeance. Il s'était arrêté au plus
prompt, la séparation de Saphor et de Llinda.
Etouffant la voix de la nature et de l'humanité, il en avait pressé l'exécution, et, un
jour que seule dans un endroit isolé de son

jardin, Llinda rêvait à son bonheur de la veille et se berçait à l'idée de celui du lendemain, il l'avait fait enlever et conduire secrètement au monastère de Sainte-Marie-de-Prouille : époque à laquelle nous voici maintenant arrivés.

Saphor n'apprit qu'avec l'indignation de la rage et du désespoir l'enlèvement de Llinda. Il refusa d'abord d'y croire. Il lui parut impossible que la méchanceté, la haine et mille autres passions ou vices eussent assez de puissance pour dissiper d'un souffle un bonheur si bien assis. Mais quand après une longue et vaine attente il ne put plus douter de son malheur, cette pensée étreignit sa gorge comme un collier de fer.

Il ne souffrit pas seul l'infortuné.

Ces illusions consolantes qu'on apelle bonheur, qui passent dans la vie plus vite que la vie, que l'on rêve au sortir du berceau et que

l'on rêve encore sur les bords de la tombe ,
avaient bercé Llinda un instant, un seul instant, fugitives comme la voix, brillantes
comme la traînée lumineuse d'une étoile qui
tombe. Maintenant dans le monastère de
Sainte-Marie-de-Prouille elle pleurait le jour,
elle pleurait la nuit, la pauvrette. Dominique
l'avait arrachée à Saphor au milieu de ces
rêves d'or, d'une vie commencée à peine et
toute frémissante encore des premiers élans
de l'amour. Froissant sans remords la seule
affection de l'âme de Llinda, brisant sans
pitié la seule fibre sensible de son cœur, il
l'avait séparée de l'époux de son choix, sans
un mot de pitié, sans une parole d'espéranc e
comme la loi qui frappe à mort. C'était le résultat d'un fanatisme brutal : le dépit d'une
haine sans motif.

Près du monastère ou gémissait Llinda, à
Gavarnie, le moine de Cîteaux possédait un

couvent entouré de murailles flanquées de tours
et couronnés de créneaux. Par un hasard qui
devait avoir des suites bien fatales, leur procureur fut frappé de la beauté de Llinda et devint
amoureux d'elle. C'était un homme fourbe et
débauché : tout désir et tout passions. Il avait
de la figure, peu d'esprit, beaucoup d'audace,
point de principes. Il se nommait Guiraud.

Chargé des affaires temporelles de la communauté de Sainte-Marie-de-Prouille, il se
rendait souvent au couvent et sa passion qu'il
ne se donnait même pas la peine de cacher,
ne fut bientôt plus un sécret que pour celle
qui en était l'objet.

Elle était si jeune Llinda, elle était si naïve
qu'elle ne se doutait pas que l'on pût vouer
de l'amour à un cœur plein d'un autre amour.
La vue d'aucun être vivant ne lui ayant jamais
inspiré cette joie intérieure, ces transports mystérieux qu'elle avait éprouvés à la vue de Saphor

elle croyait, dans la candeur de son âme, que dans cet univers où naissait d'eux l'un pour l'autre et que tout ravivé et complété par cette flamme sympathique, le cœur en dehors de cette union intime, ne pouvait pas plus inspirer de l'amour qu'en éprouver. Aussi la passion désordonnée du moine n'ajouta-t-elle rien à ses inquiétudes déjà si cuisantes. Elle n'en soupçonna même pas la possibilité.

Une nuit, couchée dans sa cellule, Llinda réfléchissait à son existence si douce, si parfumée naguère encore et alors si aride, si décolorée; elle s'égarait oublieuse du présent dans ses souvenirs du passé; elle se berçait doucement dans ses joies si fugitives, dans ses élans si enivrans d'amante et d'épouse et tout à coup une voix douce et mélodieuse comme les sons d'une harpe d'or, lui adressa les paroles suivantes :

« Réjouis-toi, Llinda, Saphor te sera

« rendu, une puissance divine l'a conduit jus-
« qu'ici, et m'a ordonné de venir t'informer
« qu'il l'introduirait la nuit prochaine auprès
« de toi. Remercie Dieu de ce bienfait et
« prépare-toi par la mortification et la prière
« à t'en rendre digne. »

Un léger bruit semblable à celui d'une
bouffée de vent qui siffle à travers les fentes
d'une porte mal close, succéda à ces paroles.
Puis Llinda n'entendit plus rien.

Sous l'obsession du charme de cette si sé-
duisante vision, elle passa le restant de la nuit
sans dormir. Debout avec l'aurore, faisant
brièvement et vite toutes ses pratiques de
dévotion et de devoir, elle croyait hâter la
marche du temps, la belle et candide recluse.
Pendant tout le cours de la journée, ce ne
fut plus cette jeune femme si mélancolique, si
atterrée : elle était gaie, folâtre, sans résignation dans ses traits, sans calme dans son main-

rien. Ses yeux brillans et vifs, son teint animé,
ses mouvemens saccadés et brusques dévoi-
laient une âme dans l'attente d'un grand évènement. La joie qui la débordait, s'épandait
au dehors comme le trop plein d'un vase; son
cœur n'avait qu'un cri, qu'un désir, qu'une
idée fixe : la nuit! la nuit!

Elle vint enfin la nuit.

Sous les sombres voûtes de longs corridors
des dortoirs, n'apparaissaient que rares et
isolées, des clartés indécises ; les pas de quelques sœurs retardataires résonnaient seuls,
et de loin en loin sur les dalles retentissantes
et froides ; peu à peu, partout dans le monastère succéda au bruit le silence, à la lumière l'obscurité, aux travaux du jour, le repos de la nuit : aux prières, le sommeil.
Llinda seule ne dormait pas.

Haletante et belle d'une pudeur presque
virginale, elle attendait l'accomplissement des

promesses de la nuit dernière ; rêveuse, immobile, elle avait aux yeux des larmes de volupté : des frissons partout ; le sang lui tintait au cœur à cette ange si suave au moindre bruit de son souffle à elle et du vent.

Tout à coup elle sentit une bouche brûlante se coller avec frénésie sur sa main, et pour la première fois depuis la veille, elle se dit : « Et si ce n'était pas lui ? »

A cette si tardive et si naturelle réflexion, se rejetant en arrière, et se dégageant des bras qui l'enlaçaient déjà, elle poussa un cri, un seul cri, mais si déchirant, si aigu, qu'il retentit dans tout le monastère comme le cri du chacal au désert.

Les portes des cellules s'ouvrirent, des lumières jaillirent de partout comme au tocsin au milieu de la nuit : les religieuses, l'abbesse elle-même auprès de Llinda, s'informèrent du sujet de ses cris, Llinda trem-

blante encore et qui cependant avait crié à
temps, ne répondit pas. Mais l'abbesse avait vu
l'ombre d'un homme se glisser furtive dans le
fond obscur d'un corridor, et dans cette ombre elle avait reconnu Guiraud le procureur
des moines de Cîteaux.

Elle fit retirer toutes les sœurs, et resta
seule avec Llinda qui ne lui cacha rien, ni de
sa vision, ni de ses illusions, ni de ses crain-
tes.

— C'est Guiraud ! dit l'abbesse, il n'en fait
jamais d'autres.

Et le lendemain n'osant heurter de front
ce moine audacieux et puissant, mais résolu à
soustraire Llinda aux atteintes de son impudique passion, elle l'a fit secrètement sortir
du couvent.

Suivie d'un guide sûr, Llinda traversa le
Gave sur un pont mouvant jeté entre deux
rochers, et qu'on appelle aujourd'hui, l'Arti-

gue de Scia. Elle gravit, s'appuyant sur un
bâton ferré, les pentes de la montagne d'Au-
biste, et après deux jours de marche, arriva
aux sommets montueux qui surplombent le
lac de Certrède. Là sous le costume pittoresque des Montagnards, elle devait attendre que
Dominique prévenu par l'abbesse de ce déplorable incident, décidât de son sort.

Libre comme l'oiseau de l'air, mais trop
timide pour risquer une fuite, souffreteuse,
aimante toujours et toujours sans espoir d'être
réunies à Saphor, Llinda se plaisait à grimper
sur les sommets voisins d'où sa vue pouvait
embrasser à la fois la gigantesque pyramide
de Vignemale avec sa couronne de neige et
ses flancs d'avalanches, et les masses impo-
santes du Marboré et du Mont-Perdu, s'élançant du sein des glaces, comme les tours dé-
mantelées d'une cité de géans.

Depuis un mois environ, elle habitait ce

lieu vivant de sa vie passée, ne pensant qu'en frémissant, à la tentative de Guiraud : la nuit couchée dans la cabane sur un bouge jonché de quelques gerbes de paille fraîche, et le jour promenant ses mortels ennuis sur les sommets montueux de Cestrède ou dans la vallée herbeuse de Trimbareille.

Un jour, entraînée par ses pensées, elle s'était enfoncée bien avant dans une vallée déserte, cueillant, rêveuse, les fleurs bleues de l'Aconit et les bouquets jaunes de la Gentiane. Tout à coup elle fut assaillie par deux hommes qui, la baillonnant et l'enveloppant dans une robe de pélerin, la portèrent, se relayant l'un l'autre, jusqu'à une cabane déserte, près d'Adagas, bâtie sur les débris entassés d'une montagne, qui, comme le mont Rosemberg dans les Alpes, s'était un jour écroulée tout entière.

Ce long trajet ne s'était pas fait sans de violens débats de la part de Llinda ; aussi arrivée là, épuisée de fatigue et à demi-morte, elle tomba dans un évanouissement profond.

Lorsquelle reprit ses sens, elle se trouva dans la tour de Gavarnie en face du moine Guiraud et d'une vieille femme qu'elle avait vu parfois rôder autour d'elle dans l'Artigue de Cestrède.

Cette femme se nommait Brunelle. On la disait sorcière. Envoyée par Guiraud à la recherche de Llinda, elle avait découvert son asile. Des sicaires du moine avaient fait le reste.

A Gavarnie, Llinda fut confiée à Brunelle, non plus libre comme sur les rochers de Cestrède, mais emprisonnée dans une tour haute et obscure ; non plus sous la sauvegarde de l'innocence patriarcale de l'homme à qui l'avait confiée l'abbesse, mais point de mire continuel de l'impudicité d'un moine du trei-

sième siècle : à Cestrède comme à Gavarnie
souffrant, il est vrai, de ses plaies du cœur
toujours saignantes ; mais, à Gavarnie de plus
qu'à Cestrède, exposée aux désirs lubriques
du moine Guiraud et aux maléfices de la
sorcière Brunelle.

Cette dernière, en effet, s'était chargée
d'amollir le cœur de Llinda et avait promis
le secours de ses sortilèges. Causant avec elle
à toutes les heures du jour, par des récits
lascifs, elle remuait toute la somme de volupté que la nature avait mise dans ce cœur
de jeune femme ; la rougeur lui en montait
au front à Llinda. Et puis l'art infernal de la
sorcière achevait ce qu'avaient ébauché ses
paroles. Mêlant aux alimens des philtres
amoureux, des décoctions excitantes, elle
brûlait la tête de la pauvrette, l'infâme ! elle
mettait son corps en feu. Aussi, la nuit, au
milieu de ses rêves, l'imagination délirante

de Llinda se berçait dans une sphère de volupté ; elle s'y complaisait oublieuse jusqu'au réveil. Alors à genoux sur la dalle froide de sa prison, son seul refuge était en Dieu ; elle lui demandait secours et force, et certes, elle en avait besoin Llinda, pour résister aux audacieuses attaques de Guiraud et aux infernales machinations de Brunelle. Il lui fallait plus que de la vertu : il lui fallait de l'héroïsme.

Pendant les premiers jours elle s'en crut capable : puis elle douta.

Et dès ce moment, la nuit, le jour, dans ses prières, elle invoqua la mort, rien que la mort ; c'était son seul espoir, son idée fixe à elle si fidèle, si faible, entourée de séductions et livrée sans défense à la merci d'un homme acharné après elle comme un vautour après sa proie. Enfermée par lui dans une tombe ignorée du reste du monde, elle n'en

pouvait sortir que flétrie ou morte, dans les
deux cas, perdue pour Saphor ; perspective
horrible, mais inévitable, car le moment de
la crise approchait. Guiraud lui avait donné
un mois pour se décider à être à lui : le mois
expirait le lendemain.

III.

LE MOINE.

Le plus grand des plaisirs est dans
le cœur qui les donne. Vouloir con-
tenter insolemment ses désirs sans
l'aveu de celle qui les fait naître est
l'audace d'un satire.

J. J. Rousseau.

Tout d'or et de feu et semant la vie partout,
même sur les cadavres qu'il s'amusait à pour-
rir en passant, le soleil avait grimpé sur les

cimes nues de Marboré. Des flots de chaleur et de lumière se balançaient tremblo-
tans sur la mer de glace, d'où s'élance la base
du Mont-Perdu et Llinda, à la lucarne de sa
prison, jetait un dernier regard sur cette nature
si âpre et si belle. Ce jour devait être son dernier jour. Un poison subtil renfermé dans des
grains de son chapelet béni à Notre-Dame-
d'Appi, pouvait la délivrer à la fois de la
honte des étreintes de Guiraud, et de sa vie
à elle qui n'était plus que l'ombre d'une vie. Ce
poison était son seul recours : c'était un don
du ciel comme la foi à l'homme couché sur
un lit de douleurs.

Dans cette alternative d'opprobre et de mort
résignée à mourir plutôt qu'à céder, elle
pleurait Llinda, mais elle ne tremblait pas.
S'attendant à tout instant à voir entrer Guiraud lui rappelant que le délai était expiré,
sa main portait le poison à ses lèvres à chaque

bruit de pas ou du vent. Cette agonie morale fut longue : elle fut horrible, comme celle d'un condamné qui connaît le rejet de son pourvoi.

Depuis long-temps déjà cette infortunée subissait sans murmure cette atroce torture d'un cœur plein de sève et d'avenir condamné à descendre vivant dans la tombe, lorsqu'une flèche sans dard pénétrant dans sa prison par une lucarne, fut frapper la voûte avec force et de là rebondit à ses pieds. Tout entière à sa fièvre de suicide, elle en entendit le sifflement sans trembler, elle en vit la chute sans s'émouvoir. Mais peu après, entraînée par cet espoir machinal qui n'abandonne jamais dans les circonstances les plus désespérées, elle ramassa cette flèche, la tourna, la retourna en tout sens et ne découvrit rien. « Rien ! » dit-elle ; et sa tête, comme toujours à l'annonce d'une illusion déçue, re-

tomba morne sur sa poitrine. Dans son désespoir elle rompit dépitée cette flèche, et, par
un de ses segmens, s'échappa un morceau de
parchemin roulé.

Deux idées l'assaillirent en même temps et
la tinrent un instant en suspens.

— Qui a décoché cette flèche? qui contient
le billet se demanda-t-elle.

Pour satisfaire à la fois à ce double motif
de curiosité bien naturelle dans cette circonstance, elle ramassa le billet et se précipita
d'un bond à la lucarne de son cachot. Elle
jeta au dehors ses regards curieux et troublés
et avec un indicible sentiment de joie, elle
vit sur la route, aux pieds de la tour, un archer qui lui fit signe de rompre la flèche, sans
se douter que le hasard en avait déjà pris le
soin. Fixant avec attention cet homme qui paraissait prendre quelqu'intérêt à son sort et
rappelant ses souvenirs elle crut reconnaître en

lui un des écuyers de Saphor. Ne doutant plus alors que ce billet ne fût son salut, ivre de joie et d'impatience, elle le déroula.

Toute son âme passa dans ses yeux. Eperdue, troublée elle ne vit d'abord qu'un amas confus de caractères sans pouvoir en déchiffrer la combinaison et quand son esprit plus rassis lui permit de commencer à en lire le contenu, la porte de sa prison s'ouvrit avec fracas. Elle n'eût que le temps de cacher le billet dans son sein.

Brunelle entra.

Le sourire sur les lèvres et l'enfer dans le cœur, elle portait à deux mains un grand plateau en faïence colorié en rouge et en bleu, et orné de figurines en relief. Au milieu était une assiette en argent remplie de fraises saturées de vin d'Espagne et de sucre nouvellement introduit en Europe par les Arabes. Cette assiette était flanquée de deux coupes

en nacre rehaussées d'un filet d'or et conte—
nant l'une de l'eau dorée et l'autre du laitage
aromatisé avec une décoction de petite
sauge et de thym.

C'était le déjeuner de Llinda.

Contrariée de cette si fâcheuse visite Llinda
faisait une petite moue mutine à travers laquelle perçait plus d'impatience et de dépit
que de colère. Elle brusquait Brunelle et la
déchargeait boudeuse de son plateau pour lui
laisser moins à faire. Elle était prête à manger
à la hâte, à boire d'un trait ce qu'on lui offrait, dans l'espoir d'être plutôt seule. Elle ne
voyait pas en cette femme si mielleusement
perfide, un démon que l'enfer avait vomi
pour sa perte : elle n'était alors à ses yeux
qu'un importun dont elle aurait acheté l'éloi-
gnement au prix de son sang.

L'arrivée de Guiraud mit le comble à son
impatience et à ses angoisses. Brunelle sortit.

A la vue de Guiraud, oppressée, tremblante, mais ne voulant plus mourir depuis qu'une lueur d'espoir avait lui à ses yeux, Llinda se laissa tomber désespérée dans un fauteuil. Le billet qu'elle avait caché sur son cœur, lui brûlait le sang et elle ne pouvait le lire; et cependant de sa lecture peut-être dépendait son sort dans ce moment si décisif. Elle aurait donné sa vie pour que son cœur eût eu des yeux.

Guiraud referma soigneusement la porte sur lui, et vint s'asseoir à côté d'elle.

— Llinda, vous ne déjeunez pas? lui dit-il avec douceur.

— Laissez-moi seule un instant, un seul instant: je vous en prie: en grâce! lui dit Llinda sans répondre à sa question, et dominée par l'irritant désir de connaître le contenu du billet.

En entendant cette voix musicale et velou-

tée, Guiraud tressaillit comme s'il l'eût en-
tendue pour la première fois, et qu'elle lui
eût révélé un nouveau charme dans celle
dont il avait médité la perte. Se levant et
marchant à grands pas, il fixa Llinda un instant et la fascinant par son regard de feu, il
ne lui dit que ces paroles.

— Llinda, tu seras à moi ! Je te dispute-
rais même à la mort !

Il appuya fortement sur ces derniers mots
tandis que Llinda terrifiée par le ton seul
dont il les avait prononcés, essaya de jeter
sur lui un regard timide et suppliant pour re-
nouveler sa prière ; mais elle détourna les
yeux avec effroi. Sous l'obsession de sa fié-
vreuse impudicité, Guiraud était hideux et
effrayant à voir. Miroir fidèle de son âme, sa
figure décomposée n'était plus celle d'un être
vivant : c'était un reflet de l'autre monde et
Llinda, à cette vue, oublia le billet, sa

prière et se rappela seulement que le délai fixé par le moine était expiré.

— Pitié ! pitié ! s'écria-t-elle en tombant à ses genoux.

Un peu étonné d'abord de la brusquerie de cette suppliante attitude, le moine parut ensuite la comprendre et un sourire sardonique erra sur ses lèvres petites et crispées. Il y avait, dans ce sourire, de l'orgueil satisfait, de la certitude d'un triomphe prochain, de la joie, de la bassesse, de l'infamie. Il y avait de tout excepté ce que demandait Llinda

Elle ne s'y méprit pas et répéta plus éplorée,

— Pitié ! pitié !

Cette fois Guiraud s'arrêta devant elle et tout fier de l'abaissement et des supplications de cette femme si rebelle à ses vœux, sa bouche laissa tomber comme autant d'irrévocables arrêts, les paroles suivantes :

— Pitié : vous dites ? Est-ce pour vous ou

pour moi que vous le demandez pitié? Et
moi aussi je souffre..... le supplice d'un
damné! Je dévore un amour qui me charbonne!.... Ah! c'est que vous ne concevez pas,
vous autres gens du monde, l'amour d'un
moine : cet amour qui étreint comme un
carcan... qui se jette à la traverse des prières
que l'on retrouve à l'ombre, au soleil, à l'é-
glise, au chevet de son lit, partout... qui brûle
le jour, qui brûle la nuit... qui, sans espérance et forcené se tord en tout temps avec
des cris d'angoisses et de rage, des lèvres
pâles et frissonnantes, des yeux qui se vitrent,
des dents qui se serrent convulsives... on a
froid, on a chaud, on a soif, on a tout..... on
voudrait pleurer pour boire ses larmes et
humecter une langue de feu et l'œil reste
sec..... Ce qu'on sent aucun être vivant ne le
sent; ce qu'on éprouve aucun être vivant ne
l'éprouve, comme si l'on appartenait à une

classe intermédiaire entre l'homme et le démon... Le jour, la nuit, en tout temps une
image de femme enveloppe comme un suaire:
on raidit les bras pour le saisir, ce suaire
et l'on ne touche rien... rien, qu'un air qui
galvanise, qu'un corps qui se lézarde à force
de convulsions : non pas un corps de femme
au moins, mais un corps de moine qui étouffe
ses sanglots et ses râles, qui veut s'essayer à
la résignation et qui n'aboutit qu'au désespoir!... Eh bien, Llinda, depuis que je te
connais, cette atroce torture est la mienne :
ces souffrances qui n'ont pas de pareilles,
sont les miennes....! Après une journée déchirante je retrouve dans le sommeil des
songes plus déchirans ; et cependant tu es
en mon pouvoir....! J'ai voulu ne devoir
qu'à ta bonne volonté ce que j'aurais pu ravir
par la force; j'ai pu le voir jusqu'à ce jour :
mais aujourd'hui je ne le peux plus....! Ce

sacrifice était au-dessus de mes forces... pour cent millions d'années d'enfer, je ne recommencerais pas!... vous m'entendez, Llinda?..

Toujours à genoux, les bras pendant et le corps affaissé sur ses talons, Llinda ne l'avait que trop compris.

— Et si je vous demandais encore un jour? dit-elle d'une voix presqu'étouffée.

— Je vous refuserais : je vous l'ai dit : pour cent millions d'années d'enfer, je ne recommencerais pas.

— Mais un seul jour?

— Pas une heure! Pas une minute! lui dit Guiraud en s'approchant d'elle; mais vous n'êtes pas à votre place, ajouta-t-il en la prenant par la main : relevez-vous et asseyez-vous là, sur ce lit.

Llinda se leva chancelante mais résignée : ses idées s'étaient reportées vers le suicide. Elle s'assit là où la conduisit Giraud et pen-

dant que penché sur elle, le moine étendait
ses bras en avant pour goûter ces lèvres de
jeune femme dont il avait si soif, Llinda sortit de son sein le chapelet aux grains empoi-
sonnés. Son mouvement fut trop brusque et la
mystérieuse missive entraînée par le chapelet
tournoya un instant dans l'air et tomba tout
ouverte aux pieds de Guiraud.

Tout entier à sa luxurieuse attaque, le
moine ne l'aperçut pas; mais à cette vue
Llinda reprit courage : elle eut de l'espoir :
elle ne voulut plus mourir.

Au nom de Dieu ! dit-elle à Guiraud d'une
voix haletante et altérée : laissez-moi seule un
instant, un seul instant et puis...

— Eh bien ! Et puis.....

— Dieu m'éclairera, répondit à demi-mots
Llinda.

Soit pitié, soit qu'il eût cru voir de la résignation dans ces derniers mots. Guiraud
sortit.

Llinda ramassa le billet et le déroulant à la
hâte, y lut ces mots écrits par Saphor lui-
même.

« Trouve un prétexte pour sortir de la
« tour, n'importe avec qui, n'importe com-
« ment : je veille sur toi. »

— Ah ! il est ici ! dit-elle.

Guiraud rentra à l'instant même.

Pâle et les yeux flamboyans de luxure, il
s'approcha de Llinda qui, ranimée par un
rayon d'espérance à la lecture du billet, ne
s'était consultée qu'un moment pour prendre
un parti.

— Oh ! quel air sombre ? lui dit-elle avec
une moue toute drôlette : on dirait une âme en
peine ; est-ce ainsi qu'on se présente devant
sa bien-aimée ?

Guiraud la regarda avec étonnement.

— Mon langage paraît vous étonner ; il vous
étonnera bien plus quand vous saurez que j'ai

eu une vision, non pas à présent au moins, mais la nuit dernière. Asseyez-vous là : plus près : bien comme cela : je vais vous raconter ce que j'ai vu.

Guiraud ne conçut rien à ce changement de ton, de manières de Llinda qui, baissant les yeux, souriait timidement et avec embarras. Il se crut le jouet d'un rêve.

— Or, vous saurez donc, continua Llinda en rougissant, qu'un ange m'est apparu et m'a ordonné de la part de Dieu de.... céder à vos désirs.

Elle prononça ces derniers mots d'une voix si faible, si altérée, que Guiraud la devina plutôt qu'il ne l'entendit.

—Est-il possible? s'écria-t-il en lui prenant les mains avec transport.

— Écoutez, reprit Llinda en les retirant avec effroi ; ce n'est pas tout encore. « Llinda, m'a dit l'ange, une nouvelle vie va commen-

cer pour toi ; mais garde-toi de céder avant
d'avoir purifié ton âme par un pèlerinage à
Notre-Dame-de-Heas.

— Et pourquoi ne pas me l'avoir dit plutôt ?

— La rougeur de mon front ne vous en
dit-elle pas assez ?

— Femme adorable ! Après ? dit le moine
avec une joie frénétique.

— C'est tout.

— Et qu'avez-vous décidé ?

— D'obéir à Dieu, répondit en balbutiant
Llinda, se reprochant presque son mensonge
et sa ruse.

Ivre de joie et la dévorant de ses regards
de feu, le moine voulut l'étreindre dans ses
bras.

— Un moment, lui dit-elle en se levant,
nous ne sommes pas encore de retour du
pèlerinage.

— Nous le serons demain , Llinda ; nous le serons demain.

Et Guiraud sortit pour faire les apprêts du voyage.

IV.

LA BRECHE DE ROLAND.

Şabaash! sicca baboklie!
Bien tiré! les ducats s'il vous plaît!
RECHIDI.

Derrière le col de Fanlo, dans le fond de la vallée herbeuse d'Allans, sur les bords d'un lac comblé en partie par les entassemens

successifs des rochers de granit qui s'étaient
détachés du mont Raillé, était une chapelle
consacrée à Notre-Dame-de-Héas. Çà et là,
des fontaines d'eau jaillissantes : partout un
terrain heureusement accidenté ; à gauche,
un bois mystérieux et sombre ; à droite, des
grottes fraîches et discrètes ; des chants pieux
pendant le jour, des chansons d'amour pendant la nuit, des pélerins des deux sexes en
tout temps avaient valu à ce lieu une grande
célébrité.

Deux routes y conduisaient de Gavarnie,
l'une par la vallée d'Estaubé, fréquentée,
verte, belle comme un beau jour de printemps; l'autre par la vallée de Marboré, déserte, aride, âpre comme le cœur d'un réprouvé. Llinda et Guiraud avaient pris la
dernière, Llinda incertaine encore si elle devait fonder quelqu'espoir sur le billet mystérieux, Guiraud, fier et triomphant de voir

son amour prêt à être couronné du succès.

Le vent du matin soufflait froid mais suave
à respirer. Le soleil se levait radieux, blan-
chissant déjà la cime des grands pins, tandis-
que l'alouette lançant à l'air ses notes claires,
le saluait de son chant, s'élevant joyeuse pour
le voir de plus près. Les montagnes qui bor-
daient l'horizon, jaunes comme des feuilles
tombées, avaient emprunté au soleil levant
cette teinte mélancolique si en harmonie avec
l'âme de Llinda. Pour elle, la nature semblait
s'être faite belle ; elle en jouissait, et c'était
juste ; elle avait tant souffert dans la tour de
Gavarnie, quand son cœur fondait d'amour,
quand, à ses sens galvanisés, un mystère d'ir-
ritante volupté se révélait dévorant pendant
ses nuits passées sans sommeil. Maintenant,
dans la vallée de Marboré, rêveuse d'abord,
elle s'abandonna plus tard avec sa légèreté de
jeune femme, aux suaves impressions de son

espoir de délivrance croyant voir Saphor dans
tous les objets qui frappaient ses yeux.

Revêtus d'une robe de pèlerin et un bâton
ferré à la main, Guiraud et Llinda traver-
sèrent une vallée déserte dont l'extrémité
masquée par des nuages de vapeurs semblait
s'engloutir dans un gouffre. C'étaient les eaux
du Gave qui, sortant blanches d'écumes et
torrenteuses des crevasses bleues du glacier
du Mont-Perdu, se précipitaient d'une hauteur de plus de mille pieds, dans un lit épais
de neige d'où elles s'échappaient ensuite. Des
pics aux flancs et aux têtes de glace s'élan-
caient au-dessus des nuages hardis et taillés
en pointe comme des flèches de cathédrale.
Des vastes plates-formes neigeuses se succè-
daient, amphithéâtres gigantesques sur lesquels se pressaient comme à un spectacle, des
pics énormes revêtus d'un manteau de glace et
semblables à des squelettes dont les siècles au-

raient respecté les ossemens blanchis, et la
structure colossale. A leur pieds des sapins
séculaires s'avançaient sur le gouffre, pressant
leurs têtes noires pour voir encore une fois
sauter le Gave.

Après une marche de trois heures dans ce
désert, tantôt sur un champ de glace ou de
neige, tantôt sur des gradins taillés dans le
roc et suspendus sur l'abîme, les deux pélerins arrivèrent à une mer de glace bordée
dans toute sa longueur par un rempart co-
lossal à pic et de glace aussi. A l'entrée du
glacier, une seule coupure, entaille fabuleuse
produite, dit la tradition populaire, par un
coup de l'épée Durandal du paladin Roland
et plus étroite à sa base qu'à sa cime, comme
l'excavation du Mont-Olive sur la route de
Liverpool, rompait la continuité de ce mur
gigantesque. Elle s'étendait dans toute la longueur du glacier par une crevasse large et pro-

fonde que l'on traversait sur le tronc mobile
d'un sapin placé là par quelques chasseurs
d'Isards.

On appelait ce lieu la *brèche de Roland*.

Arrivée à ce passage périlleux, Llinda sentit
tout son espoir l'abandonner. Son front s'as-
sombrit : sa bouche se ferma convulsive : ses
yeux se voilèrent comme après un long éclair
d'orage. Confiante dans les mots du billet,
elle avait cru, d'un moment à l'autre, voir paraître Saphor, mais elle avait traversé un désert seule avec son bourreau seul et rien, rien
n'avait encore paru. — Elle resta convaincue
que le billet avait été écrit par Guiraud.

Cette pensée navra son âme et brisa ses
forces.

Ce ne fut plus cette jeune femme si gaie
écoutant sans colère les propos d'amour du
moine, sautant rieuse d'une roche à l'autre,
gravissant légère les sinuosités montueuses du

sentier. Alors maussade, impatiente, lassée, pleurant presque, son énergie factice l'abandonna tout d'un coup; avec son espoir d'être délivrée elle perdit son courage et sa joie: elle ne pensa qu'en frémissant aux dangers du voyage et à ceux du retour surtout; un froid piquant serra ses membres et endolorit jusqu'à ses os, sa poitrine haleta sous un poids lourd et toujours croissant, sa tête brûla, ses idées n'eurent plus de suite, le souffle humide de sa bouche vint en les déchirant, se geler sur ses lèvres; et puis, elle eut peur, dans cette immense solitude: peur du soleil jetant sa teinte ardente sur une nature de glace comme pour la fondre et l'embrasser, des abîmes béans se multipliant sous ses pas, d'une pluie de neige qui pouvait l'ensevelir dans son linceul glacé, mais surtout de cet homme dont les regards impudiques se leurraient, en la fixant, d'espérance et d'amour.

Cette dernière pensée surtout l'accabla ;
elle eut voulu qu'il eût été nuit comme quand
le ciel n'a pas une étoile, elle eut voulu que
l'ouragan eût mugi en s'engouffrant dans les
abîmes et l'eût entraîné avec lui pour accom-
plir plus vite l'œuvre de la mort, elle rêva de
destruction et la redouta, la malheureuse,
sans même se rendre compte de cette bizarre
contradiction.

Tout à coup promenant ses doigts effilés
dans les touffes bouclées de ses cheveux, elle
appuya vivement sa main contre son front:
un éclair de joie brilla dans ses yeux. A l'agitation de sa poitrine, à l'air soucieux de ses
traits, il fut aisé de voir qu'une pensée qu'elle
n'osait mettre à exécution, l'avait frappée. Jetant autour d'elle ses regards effarés, elle in-
terrogea des yeux, les grands pins qui, ouvrant au vent des montagnes leurs feuillages
d'aiguilles vertes, formaient comme un or-

chestre de mélodie aérienne ; le Gave qui,
dans son atmosphère de vapeurs, semblait
rouler des nuages en fusion ; les géans de
glaces immobiles depuis la création peut-être
et dont les corps et les têtes capricieusement
modelés penchaient tous entiers sur l'abîme,
leurs formes âpres et fantastiques. Leur demanda-t-elle Saphor ou conseil sur sa position ? c'est ce qu'il était difficile de deviner,
quoi qu'il en fût, les pins, le Gave, les glaciers,
rien ne lui répondit, elle reporta ses regards
sur Guiraud.

Cette fois ce fut sans terreur.

Guiraud avait traversé la brèche et lui tendait son bourdon pour faciliter son passage
sur le pont périlleux qui joignait les deux
parois. Llinda se baissa et secouant le tronc
comme pour s'assurer de sa solidité, elle tira
tout à coup à elle avec force. Le tronc se détacha d'un des bords et resta suspendu sur

l'abîme, vacillant long-temps sous les efforts
de son propre poids.

Ayant mis cette gueule béante entr'elle et le
moine, Llinda se crut sauvée ; mais Guiraud
n'etait pas homme à lâcher si facilement sa
proie. Se voyant joué par cette jeune femme,
écumant de dépit et de rage, d'un bond il
voulut s'élancer à travers la brèche pour la
franchir. Encore en l'air il touchait presque
au bord opposé, lorsqu'atteint d'une flèche,
il tomba rudement sur le tronc d'arbre qui
servait de pont.

— Damnation ! bégaya-t-il.

Et du tronc il rebondit dans le gouffre.

Un instant après Saphor pressait Llinda
dans ses bras. Après de longues et minutieuses recherches, il avait enfin découvert la retraite de cette si intime partie de lui-même.
En apprenant de l'abbesse la lâche tentative
de Guiraud, il avait juré de se venger ; mais

n'osant s'attaquer ouvertement à un moine de Citeaux dont l'ordre puissant ne laissait jamais impunie l'offense d'un de ses membres il résolut d'arracher Llinda des mains de Guiraud, quitte à aviser plus tard à sa vengeance. Le hasard lui fournit les moyens d'atteindre à la fois ce double but. L'adresse d'un de ses écuyers le plus habile archer de son temps le seconda puissamment en décochant la flèche qui avait pénétré dans la tour de Gavarnie et celle qui avait précipité Guiraud dans la brèche de Roland. Llinda qui, l'ayant aperçu de loin, fit crouler le pont dont la chûte mit un gouffre entr'elle et son ravisseur, acheva ce que la persévérance de Saphor et l'adresse de son écuyer avaient si bien commencé.

La joie qu'éprouvèrent les jeunes époux en se voyant réunis se sent plutôt qu'elle ne se décrit. Ils riaient, ils pleuraient, ils parlaient en même temps. Vingt fois de suite ils répé-

taient les mêmes questions, les mêmes réponses sans se lasser de parler et de s'entendre.
Ils s'attendrissaient jusqu'aux larmes et se livraient instantanément à la joie la plus vive.
C'était un délire de l'âme qui s'épandait par
des pleurs ou par des rires, par la voix ou
par le geste, triste ou joyeux, bruyant ou
animé, sans répit, sans mesure, et toujours,
et toujours.

Hâtant le pas à tout évènement, ils traver-
sèrent rapides la vallée de Marboré et prenant brusquement à droite, ils ne se reposèrent
qu'à la nuit dans une cabane bâtie sur le penchant oriental du Mont-Perdu.

Le lendemain ils prirent la route de Viella.

V.

DOMINIQUE.

Et pour nous rendre heureux , perdons les misérables.

CORNEILLE.

Bizarre chose que cette vie ! le malheur d'un homme peut s'ourdir au milieu de ces jours de bonheur. L'envie , la haine , l'amour et

mille autres misérables sentimens qui règnent
en maîtres sur le cœur humain, honorables ou
vils, frivoles ou nobles, ridicules ou horribles, peuvent dire à l'espérance, à la joie,
à toutes les illusions consolantes : « Tu n'iras
pas plus loin. » Quelle chose bizarre en effet
que cette existence, soucieuse ou sereine,
triste ou rieuse, insouciante ou sérieuse, à
la merci de tout sentiment haineux qui en
envie la quiétude et veut en frôler le tant illu-
soire bonheur! Les larmes, le rire, la tris-
tesse, la joie, le délire, les angoisses, tout se
mêle, tout se confond, vaguant au hasard
dans ce monde, se tenant, obéissant, et prêt
aux ordres de tout homme qui, avec une volonté de fer, a assez de temps à perdre pour
dépenser sa vie à torturer celle des autres.
Triste vérité qui prouvera suffisamment ce
qui nous reste à raconter.

Saphor et Llinda s'enivaient de bonheur,

galopant joyeux vers Viella, gravissant la
gouttière scabreuse du port de la Canau, et
laissant derrière eux les eaux de la Linca, et
le comté de Ribagorça, dont les seigneurs
avaient jadis porté le titre de rois.

Pendant ce temps, à Gavarnie, dans la tour,
un homme enclavait leur avenir dans un cercle de malheurs et d'angoisses. Cet homme
c'était Guiraud.

Sa chute, dans la *brèche de Roland*, n'avait
pas été mortelle. Tombé sur une couche
épaisse de neige formant une voûte glacée au-
dessus d'un torrent à qui le gouffre servait de
lit, la voûte s'était écroulée sous ce choc.
Pêle-mêle avec des flocon de neige et de
blocs de glace, Guiraud avait roulé jusqu'au
fond, moulu, mais non blessé, ayant à droite
et à gauche des remparts inaccessibles de
glace : au-dessus de sa tête un dôme de neige :
sous ses pieds un léger filet d'eau, des debris.

de granit et de schiste : devant et derrière lui, comme un obscur corridor, le lit du torrent dont il pouvait suivre le cours, et, à l'issue, le soleil et la vie.

La flèche en l'atteignant avait arrêté son élan sans le blesser ; elle s'était émoussée contre une médaille de la Vierge suspendue à son cou. Mais souffrant horriblement dans tous ses membres, il avait eu quelque peine à se ranimer sous cette voûte de glace dont la fraîcheur ajoutait encore à sa souffrance. La rage et l'espoir d'une prompte vengeance avaient cependant suffi pour lui redonner des forces ; et se rappelant qu'avant de tomber dans l'abîme il avait vu deux hommes courir vers Llinda, tout son corps en avait tremblé comme le tigre à l'affût d'une proie qui n'est pas encore à sa portée.

Se traînant tant bien que mal le long du torrent, tantôt obligé de descendre une roche en se cramponnant aux infractuosités les plus saillantes : tantôt, se ménageant des échelons le long des parois mal polies du roc, il s'était glissé au hasard dans des cavités du lit du torrent dont il entendait le mugissement sans en distinguer les bouillons de blanche écume. Après des peines infinies et plusieurs heures de marche il était parvenu à l'extrême frontière de cet abîme.

Deux heures après il était à Gavarnie.

Quand il entra dans la tour, Brunelle décorait la chambre qui avait servi de prison à Llinda, remplaçant par un lit somptueux le dur grabat de la jeune femme; elle comptait sur son retour, la sorcière, et, à ses yeux, la vertu soumise devait coucher moins durement que la vertu rebelle.

A cette vue, Guiraud rejeta violemment en arrière les plis mouillés de sa robe en lambeaux, fit un jeu de chien qui montre les dents, et regarda quelques instans sans rien dire.

— Oui, dit-il enfin à Brunelle dans un accès de rage qui le rendait hideux ; oui, prépare cette couche... Llinda est là ; belle et aimante, attendant résignée mes embrassemens !... elle est là cette si franche colombe, allant au-devant de son coup de grâce et m'appelant dans ses bras !... Malédiction ! je lui mangerais le cœur à cette vipère, qui a joué avec ma vie comme avec ma crédulité !... Fou que j'étais de croire à ses grimaces..... d'user de ménagement... eh bien ! tant mieux ; maintenant je suis dégagé de tout envers elle... je n'aurais d'autre règle à suivre que ma passion et ma volonté... je la retrouverai, car l'enfer n'a pas de cache assez secrète pour la dérober à mes recherches ; et alors... alors... dût-elle dans mes bras ne donner d'autre signe de vie que les horribles ébats de la mort, je n'écouterais ni prières ni larmes ; et puisse t-elle y souffrir comme un patient à la question... y mourir même!... que m'importe? je ne suis plus un homme! je suis un démon sortant de l'enfer, d'un enfer de glace, oui de glace et je n'ai pu y éteindre le feu d'amour qui me charbonne!... et Llinda... elle était là toute ma pensées... je la voyais fuyant rieuse avec ses libérateurs et me croyant perdu à tout jamais !... Oui, Llinda, je suis mort, bien mort ; et si jamais quelqu'un te suce le cœur jusqu'à ce qu'il ne batte plus, n'aille pas croire que c'est Guiraud au moins, car il est mort, bien mort ; ne l'as-tu pas précipité dans la brèche de Roland!

Brunelle l'écoutait parler sans rien comprendre à ce flux de pensées et de paroles incohérentes. Guiraud se promenait à grands pas, se frappant de la main le front avec rage.

— Mais enfin que vous est-il arrivé ? lui demanda Brunelle.

Guiraud alors s'arrêta devant elle, l'œil hagard, les lèvres crispées et muettes comme si sa langue eût reconnu son insuffisance à traduire la foule de pensées et de faits qui se pressaient dans sa tête. Peu après cependant, comme un de ces torrens qu'on voit sourdre soudainement de terre et qui se fraient mille passages à travers le sol, les paroles se pressèrent sur ses lèvres, versées au dehors en masse, rapides et mêlées d'imprécations et de cris de rage. Guiraud n'oublia rien : appuyant sur les circonstances les plus indifférentes : rappelant son illusion, ses espérances, parlant de son bonheur le long de la route lorsque Llinda fuyait rieuse, lui souriant timide et folâtre et cachant son infernale trame sous les dehors d'une douce et joyeuse résignation.

Pendant tout le temps qu'il parla, un sourire indéfinissable erra sur les lèvres de Brunelle, on eût dit qu'elle se réjouissait au fond du cœur d'un accident qui la rendait encore utile au moine à titre de confidente ou d'aide.

—N'est-ce que cela, lui dit-elle dès qu'il eut achevé son récit.

Guiraud la regarda stupéfait.

— En effet, continua la sorcière; Llinda est jeune, vous aussi, la vie est longue et au bout du fossé la culbute.

Trépignant d'impatience, Guiraud fronçait les sourcils, Brunelle jouait avec le bout de son capulet; l'un et l'autre gardaient le silence.

— Que veux-tu dire? dit enfin Guiraud, outré du sang-froid de Brunelle.

— Qu'ils ont eu tort de vous laisser sortir de l'abîme: à leur place je vous aurais jeté le glacier par dessus la tête si cela eût été en mon pouvoir.

— Ah ! tu m'as donc compris?

Ils se regardèrent en souriant, jamais regard, jamais sourire ne furent plus significatifs ; ils ne s'y méprirent ni l'un ni l'autre.

— Tu disais donc, reprit Guiraud après un moment de silence, qu'ils avaient eu tort de me laisser sortir de l'abîme, pour cela, il faudrait les retrouver.

— On trouve des nids d'aigle et l'on ne trouverait pas le nid d'une hérétique.

— Elle a abjuré en épousant Saphor.

— Son sang est-il moins celui de Durand le plus redoutable ennemi de l'église ?

Une idée infernale passa par la tête de Guiraud.

Pour la comprendre il faut savoir qu'alors plus que jamais germaient dans les têtes des levains de haines fanatiques contre les bons-hommes. Malgré les massacres en masse de ces novateurs, de temps à autre un bûcher où on les brûlait en détail était assez du goût du peuple.

Les idées de Guiraud roulèrent quelques
instans dans cette sphère indécises et peu ar-
rêtées encore. En le mettant sur cette voie,
Brunelle n'avait vu que de la vengeance, elle
croyait que cela pourrait suffire à ce cœur de
moine ; elle le connaissait peu, Guiraud avait
jeté les yeux bien au-delà.

— Non, cela ne me suffit pas; comme acces-
soire nous verrons, comme moyen définitif,
ce n'est pas assez, dit-il.

— Et que vous faut-il donc ? lui dit Brunelle étonnée à son tour.

— Llinda.

— Et puis?

— Encore Llinda.

— Et puis enfin?

— Llinda, toujours Llinda ; reprit Guiraud d'un ton forcené, mais où perçait la
joie secrète d'avoir trouvé le moyen de parvenir à son but.

— Je ne vous comprends pas ! dit avec dépit Brunelle.

— Tu ne me comprends pas ? c'est que comme moi, tu n'as pas à la fois de l'amour et de la haine, de la rage et du délire : Comme moi tu n'as pas été bercée d'une illusion qui était la vie, et qui s'est brisée au moment d'être atteinte !.. Comme moi tu n'as pas vu le bonheur de près, là, à quelques heures de marche, sous mes yeux, m'attendant et s'évanouissant ensuite comme un rêve ! Et cependant je ne rêvais pas ! Tu ne me comprends pas, tu dis ! ah ! je te crois sans peine ! Pour me comprendre, il faudrait aimer, haïr, adorer, exécrer : il faudrait se sentir la force d'aspirer à la fois et avec délices une haleine de femme et de la fumée de sang ! si tu étais ainsi, tu me comprendrais. Veux-tu me servir ?

— Qu'y gagnerais-je ! Il ne fait pas bon

être votre instrument. Dans l'insuccès vous le jetez toujours comme curée ; vous sauvez la lame et sacrifiez le manche.

— Tu veux parler de l'affaire de Lux où j'ai laissé rouer la ribaude Bernade, qui avait débauché pour moi les deux filles de Gaspard Lignon ; mais que pouvais-je alors ? Etais-je puissant comme à présent ? Les lois pesaient encore sur moi de tout leur poids : je n'étais pas encore au-dessus d'elles ; je me serais perdu avec Bernade sans lui épargner une torture. Maintenant c'est autre chose ; quoi qu'il arrive il ne tombera pas plus de ta tête un cheveu que de la mienne.

— Il n'y a pas long-temps que vous m'avez fait la même promesse, et les cent coups de fouet que vous m'avez laissé donner pour l'emprisonnement du mari de la Sabotière, dont j'étais plus innocente que vous, me prouve qu'avec vous promettre et tenir sont deux choses.

— Je t'ai arrachée au bûcher.

— Rôtie ou bouillie ne dois-je pas finir par là ?

— Et alors de quoi te plains-tu ?

— De ce que vous me laissez morceler en détail.

— Tant que je m'appellerai Guiraud, cela ne t'arrivera plus : je te le jure.

— Alors je suis à vos ordres : que faut-il faire ?

— Te procurer deux costumes d'hommes de guerre, un de chevalier, l'autre d'écuyer, deux masques de faïdits et deux roussins.

— A quoi bon ?

— Le costume de chevalier sera pour moi, celui d'écuyer pour toi ; pour chacun de nous un masque de faïdit, afin que nul n'ait le droit de nous demander notre nom ; et

deux roussins parce que c'est la seule mon-
ture permise aux chevaliers mutilés (1).

— Après !

— Le temps t'apprendra le reste.

— C'est bon on attendra.

Et le pacte fut conclu.

Guiraud, les yeux à demi-clos et son front
dans la main, paraissait combiner les chances
de ses divers moyens de vengeance, et de
temps à autre, un léger sourire dont il était

(1) Il est bon de prévenir le lecteur que, pendant les
vingt-cinq ans que dura la guerre des Albigeois, les vainqueurs las quelque fois de massacrer, mutilaient les
prisonniers, en leur coupant le nez, les oreilles, leur
crevant un œil, ou leur arrachant la langue. Ces guerriers ainsi mutilés et qu'on appelait faïdits, avaient le
droit de porter un masque et allaient partout sans crainte
d'être arrêtés. On ne leur demandait jamais leur nom
parcequ'on aurait pu trouver en eux des parens ou des
amis. C'était une espèce de dégradatiou qui les privait
du droit de porter les armes, de chausser des éperons et
de monter des chevaux. Cette mutilation du reste était un
sauf conduit et un droit à l'hospitalité surtout qu'on ne
leur refusait jamais, car dans cette horrible guerre civile,
le refus du fils aurait pu frapper le père.

difficile de définir la nature effleurait ses lèvres. Tout à coup trahissant à la fois le sentiment qui l'agitait , et le but de ce projet si
profondément médité :

— Llinda! Llinda ! s'écria-t-il, tu n'as pas
su me comprendre , tu me comprendras plus
tard.

Ces mots n'arrachèrent qu'un muet sourire
à un homme qui s'était glissé là , dans la tour,
tout près de Guiraud et de Brunelle , sans
qu'aucun bruit eût révélé sa présence.

Guiraud continua :

— Compte tes heures de bonheur dans les
bras de Saphor, à mon tour bientôt.

— Et crois-tu que je l'ai arrachée au bras
de mon fils pour la jeter dans les tiens,
moine impudique! s'écria en s'avançant vers
Guiraud, cet homme qui s'était furtivement
glissé jusque-là.

La physionomie de ce nouveau venu , res-

pirait plutôt le sarcasme que la menace. Une
douceur étudiée corrigeant à peine l'effet
d'une teinte sanglante qui colorait ses yeux,
animait son regard fauve et en dessous. Ses
lèvres étaient petites et crispées, sa figure
blême et prolongée : sa taille haute, sa parole
lente et son geste saccadé. Une robe flottante
noire et blanche, était fixée à sa ceinture par
un cordon de même couleur, de sa tête nue
pendaient en mèches des cheveux noirs et
lisses.

Cet homme, c'était Dominique, le père de
Saphor.

Guiraud se retourna, mesura du regard
ce moine qui lui jetait si crûment à la tête un
si insultant sarcasme, et ne lui répondit que
ces mots :

— Pourquoi pas, Dominique, tu l'as bien
fait pour l'évêque Foulques, au sac de Mon-
taudran, lorsque tu as amené dans son lit la

fille du Viguier Martineau ; tu avais même, dit-
on, absous d'avance cette vierge, et lui avais
promis le paradis. Il en coûte si peu de s'a-
baisser pour grandir.

A cette sanglante apostrophe qui lui rappelait une des infamies de sa vie passée, Dominique se mordit les lèvres jusqu'au sang ; mais à
part cet imperceptible mouvement qu'il ne pût
maîtriser, sa figure resta impassible et pour
toute réplique, il dit à Guiraud :

— Guiraud, qu'as-tu fait de Llinda.

— Qu'en voulais-tu faire, toi ?

— Sauver son âme et surtout celle de mon
fils dont je dois compte à Dieu. La cohabita-
tion de Saphor avec la fille d'un hérétique,
était une tache à ma vie. Elle doit être pure
comme celle du Dieu que je sers. Mais tu n'as
pas répondu à ma question !

— As-tu répondu à la mienne, toi?

— Suis-je le ravisseur ? reprit Dominique

furieux : suis-je le moine impudique qui arra-
che une femme à une sainte retraite, qui ose
porter la main sur une fille du seigneur? ah!
je n'ai pas répondu à ta question tu dis? tu
pourrais bien quelque jour répondre à la
mienne, toi! tu m'entends, Guiraud ?

Guiraud le regarda en souriant. Et s'adressant à Brunelle :

— Il croit parler à un diacre d'albigeois,
cet homme, dit-il, il me menace de ses bourreaux comme si mon ordre fournissait de la
chair à bûcher.

Et se tournant vers Dominique :

— Tu te crois donc bien fort, reprit-il :
cependant regarde la couleur de nos deux
robes : n'y vois-tu rien ?

— Je vois la tienne blanche comme l'enduit
dont on revêt les tombeaux qui ne cachent que
pourriture et corruption.

— Et la tienne ?

—La mienne blanche et noire comme celle de l'hirondelle qui détruit la vermine.

— Tu te trompes : la tienne est celle de la pie hargneuse, criarde, voleuse : la mienne celle du condor qui la poursuit et la dévore. Souviens-t-en , Dominique.

— Par les saints de Bethléem ! dit Dominique furieux, je m'en souviendrai jusqu'aux trompettes du jugement dernier !

Dès ce moment ces deux hommes se vouèrent une haine à mort. Ces paroles de sarcasme contre leurs ordres respectifs devaient rejaillir sur leur vie entière, sur Saphor, sur Llinda, sur bien d'autres , tant est bizarre dans ses moyens de destruction, le sort, cet immense moulin à cochenille.

Ils échangèrent encore de l'ironie et des injures et toujours l'aigreur de leurs demandes et de leurs répliques dénota qu'ils sentaient leur torts envers Llinda, peu disposés du

reste à les motiver ou à les excuser l'un à l'é-
gard de l'autre.

En abordant Guiraud, Dominique ne s'é-
tait pas attendu à la brutalité de ses réponses.
Ignorant la fuite récente de Llinda et la
croyant flétrie des embrassemens du moine,
il s'était réjoui au fond de l'âme, d'un accident qui motiverait, aux yeux du monde, la
réclusion de l'épouse de Saphor. Mais, Guiraud ne soupçonnant pas tout ce qu'il y avait
de boue dans ce cœur de moine, intervertit,
dès les premiers mots, les rôles, et, à tout
évènement, se porta d'accusé accusateur.
Cette tactique mit Dominique dans une fausse
position en le forçant à s'expliquer. Impassible d'abord, il ne se modéra bientôt plus et
ces deux hommes, si bien faits pour s'entendre, une fois dans l'arène des personnalités,
se déroulèrent impitoyablement toutes les
pages de leur vie passant d'une tache de boue

à une tache de sang. Triste mais véridique résumé de la vie des moines et des prêtres à cette époque.

Sous ce rapport, Dominique et Guiraud étaient plus moines et plus prêtres que bien d'autres.

Ils se séparèrent, Dominique outré de n'avoir rien pu découvrir sur le sort de Llinda; Guiraud satisfait d'avoir déversé sur quelqu'un sa fièvre de rage et de désappointement.

Avant d'aller plus loin et de retracer les divers accidens de ces passions de moine dont Saphor et Llinda avaient été à leur insu et allaient être encore le pivot, il ne sera pas hors de propos d'en indiquer, comme jalon, les nuances et les causes.

Trois passions en étaient le germe. Le fanatisme, l'amour et l'intérêt. Le mobile de Dominique, de ce prêtre fougueux qui per-

séculait par charité et brûlait les hommes par
amour de Dieu, c'était le fanatisme farouche,
sans humanité et sans entrailles ; celui de
Guiraud, c'était l'amour, si l'on peut donner
ce nom à une flamme impure qui, faisant bon
marché du cœur de Llinda, n'aurait tenu
compte que de sa passion ; l'intérêt seul gui-
dait Brunelle. Elle spéculait sur les mauvaises
passions de Guiraud.

Maintenant laissons agir ces trois personnages dont le premier acte, après cette scène,
fut de se mettre à la poursuite des fugitifs.

VI.

LA TEMPÊTE.

Mais décha d'aï grégaou, la nibou
soullebado boulo berlou labech a la
niboustacc: ado un aoutro la seguis, qui
seguido à soun tour, amagou lou calèl
d'aï gran fanaou d'aï chou. Fo nioch.

Mais dès qu'un nuage se formant à l'ouest
vole vers le sud-est attaché à un nuage,
un autre le suit, puis un autre. Le soleil
s'obscurcit. Il fait nuit...

MARTIN-SAINTE-COLOMBE.

La haine court plus vite que l'amour. Elle
est plus pressée de jouir, l'impatiente. Elle
dévore de ses désirs, son but, comme le feu

ce qui lui sert d'aliment, comme le vent l'espace. C'est si bien de la haine satisfaite. Aussi Dominique retrouva-t-il les traces de Saphor et de Llinda avant Guiraud.

Ce fut heureux pour eux.

Il leur fut aisé d'échapper à la haine ouverte de l'inquisiteur. Il leur eut été plus difficile de se prémunir contre Guiraud qu'ils croyaient mort et dont l'arrivée eut été pour eux un mystère.

Fuyant son père comme on fuit un ennemi, Saphor n'osa s'arrêter à Viella. Pressentant l'insuffisance de cet asile à protéger Llinda contre la haine de Dominique, il se rendit en Arragon, engagea aux argentiers du roi son domaine pour une grosse somme, gagna la côte, y fréta un navire et fit voile pour la Provence.

Quelques jours après il débarqua là ou avait été jadis Maguelonne.

En touchant cette terre il acheta un ma-
noir bâti sur une hauteur près de l'étang de
Pirols, et en état de résister aux brigandages
des nobles, qui, trouvant plus commode de
guerroyer pour leur compte que pour celui
d'un suzerain, s'étaient faits voleurs de grands
chemins, pillards et incendiaires. Peu tenté
d'imiter leur rapace vagabondage, trait caractéristique de l'ordre subversif né de l'anar
chie féodale, il laissa ces nobles brigands
exercer leur valeur contre des marchands
inoffensifs et sans armes et se mit en mesure
de faire respecter les droits de sa terre : car
alors la propriété donnait des droits : elle en-
noblissait l'homme.

Depuis cinq ans Saphor et Linda vivaien
dans leur château. Chaque jour plus près l'un
de l'autre, ils étaient heureux d'un amour qui,
loin de s'attiédir, se ravivait de toute la puissance de l'habitude. Un fils âgé de quatre ans
déjà et sur qui se déversait brûlant le trop
plein de leurs nœuds amoureux, ajoutait encore à leur affection mutuelle. Saphor et
Llinda se voyaient en lui, s'aimaient en lui,
ce talisman animé au magique sourire, aux
caresses enfantines. Aussi sur cette tête si
chère se résumaient leurs sentimens et leurs
sympathies.

Ils étaient en pleine lune de miel.

Tout paraissait en assurer la durée.

En effet chaque jour plus fanatique et tout
occupé à faire brûler des bons-hommes, Dominique semblait avoir fait trève à ses haines
de détail pour exploiter ses haines en masse.
Guiraud de son côté, s'était jusqu'alors livré

à des recherches si minutieuses et avec si peu de succès que tout homme à sa place aurait renoncé à un projet dont la réussite devenait de jour en jour moins probable.

Il n'en fut pas ainsi.

Un jour, sur le bord de l'étang de Pirols, se pressait comme à un rahout une foule bruyante et joyeuse venue là de tous les endroits des environs. Insouciante et rieuse, elle passait sans s'émouvoir devant les vestiges du port Sarrasin qui fut la cause du progrès et de la ruine de Maguelonne. Sur l'étang, des milliers d'embarcations nageaient à l'aviron ou à la voile, passant rapides à côté des piliers, seuls restes d'un pont qui joignait jadis Maguelonne à la terre. Elles vogaient là, sillonnant en tout sens cette ville si souvent détruite, si souvent rebâtie et en définitive engloutie dans l'étang. Comme l'hirondelle dans l'air, elles planaient au-dessus d'antiques demeures des hommes. Elles effrayaient de leur ombre passagère les poissons réfugiés dans des murs crevassés; elles froissaient avec leurs quilles des plantes marines croissant sur des toits, et parfois elles s'arrêtaient pour donner aux nageurs le temps d'arracher des moules ou des morpions attachés à quelqu'aiguille de clocher encore debout, et surgissant du fond des eaux enveloppés d'algue marine.

A l'extrémité d'une langue de terre qui s'avançait dans l'étang, était une chapelle dont les murs verts de mousse et noirs de vétusté attestaient l'antique origine. Isolée sur cette plage presque déserte, on aurait dit le dernier asile de la prière. Humble comme elle : sans tours ni flèches s'élevant insolemment dans les airs comme pour cacher à Dieu la bassesse de ce qui rampe à leurs pieds. Sans lambris d'or et d'argent, sans teintures précieuses, vains oripeaux de la richesse

dont les guenilles du pauvre font ordinairement les frais ; mais simple, sans autres orne-
mens que des reliques, une croix tout unie,
et une cloche qui, de ce modeste faîte, ne
manquait jamais, à ce qu'on disait du moins,
de transmettre au ciel le langage de la terre ;
cette chapelle était en grande vénération dans
le pays.

Dévastée depuis peu, incendiée par l'équi-
page d'une felouque maure qui, ne pouvant
l'emporter, l'avait livrée aux flammes ; elle
n'avait plus à l'intérieur, ses reliques, à l'extérieur, sa robe de mousse. Mais dépouillée,
nue, elle était alors noire de fumée au lieu
d'ans. Sa croix n'ouvrait plus ses bras aux
navires battus par la tempête, et sa cloche
s'était tue comme la voix d'un corps ense-
veli.

Les habitans avaient pris en pitié cette si
désolée fille d'un autre âge et l'avaient dotée

comme une fiancée nouvelle. Ils n'avaient pu lui redonner son manteau de mousse et son teint bruni, mais ils lui avaient rendu ses reliques, sa croix et sa cloche.

La solennité de cette inauguration avait attiré tout ce monde qui se pressait sur l'étang et sur ses bords. Saphor et Llinda étaient du nombre.

Vous est-il jamais arrivé de vous trouver, le soir, dans un étang ou sur un large fleuve, doucement emporté par une embarcation qui nage sans sillage, lorsque la terre est masquée par une brume épaisse, à l'instant où la cloche d'un hameau voisin jette à l'air ses notes retentissantes et claires? Oh! alors, si vous n'avez pas prié, ne priez jamais; votre âme ne conçoit pas la prière. C'est que dans ce moment le bruit de ces tintemens semblables à des émissaires du temps chargés de relancer l'homme jusque dans ce vide où il vogue ; l'incorruptible vigilance des échos du rivage, répétant ces cris d'alarme comme autant de védettes qui ne le perdent pas de vue dans la blanche nuit qui l'enveloppe, élèvent l'âme vers Dieu, vers son Dieu à elle quel qu'il soit, de forme humaine ou de nature divine.

Saphor et Llinda l'éprouvèrent.

Après la cérémonie, emportée, comme bien d'autres, au milieu d'un épais brouillard qui enveloppait l'étang et ses bords comme un linceul, leur nacelle, fuyant la cohue, le tumulte, glissait isolée loin de la foule et du bruit.

A deux cœurs qui savent se parler et se comprendre, la foule est toujours importune : on les dirait jaloux de chacune des distractions qu'elle peut causer. Ne vivant que par eux, ils ne se plaisent qu'ensemble. Si, parfois, sortant de leur mystérieux isolement, ils se

mêlent à la joie des homme, ils restent froids
et soupirent après eux seuls. Impatiens, ils se
cherchent, et, heureux de se retrouver, ils
fuient dès qu'ils le peuvent, ces élans tumul-
tueux auxquels ils n'ont rien compris. Sans
le vouloir, sans s'être consultés, Saphor et
Llinda avaient fui la foule comme d'autres la
désirent, non par haine pour elle, mais par
amour pour eux.

Mollement étendus à l'arrière d'une embarcation légère que Saphor avait voulu conduire seul, Llinda échangeait avec lui ces
mots de tendresse et de doux reproche, ces
phrases si séduisantes, charmes de tant de dé-
licieux tête-à-tête.

Tout occupés de ces jolis petits riens, ils s'a-
perçurent cependant que le brouillard, en s'é-
paississant, avait entièrement masqué les riva-
ges. L'univers pour eux fut alors leur nacelle
voguant au hasard dans une atmosphère de

vapeurs sans ciel et sans terre. Les tintemens d'une clocle, en arrivant sonores jusqu'à eux comme l'unique souvenir d'un monde dont leurs yeux ne découvraient plus de traces, leur révélèrent un isolement fantastique tout amour et tout mystère ; ils plongèrent leur âme dans cet extatique état de religiosité où le coeur se fait un Dieu à sa guise sans con-sulter la raison ou le préjugé. Ces deux amans époux se virent sans se parler ; ils s'enlacèrent sans se désirer. Chacun d'eux rêva dans l'au-tre l'objet d'un culte divin dont rien d'hu-main n'altérait la pureté. Ils s'adorèrent comme les anges doivent adorer Dieu au ciel.

Cette contemplative situation durait encore, lorsque, sans vent, sans brise, l'étang mou-tonna ; et le brouillard, en se dissipant, dé-couvrit, comme derrière un rideau, un ciel d'orage et de tempête. Des gros nuages mon-tèrent du zenith ; et déroulèrent avec rapi-

dité leurs masses épaisses et couleur de bistre.
Des milliers de mouettes envahirent l'étang,
assourdissant par leur cris aigus, rasant iso-
lément l'eau au volant indécises au haut des
airs.

Tout annonça un ouragan.

Saphor s'en aperçut et pâlit ; il fit force
de rames pour gagner la terre : il était trop
tard.

Bientôt une bise carabinée venta furieuse,
et, sur toute la surface de l'étang, la houle
rejaillissante tourna et retourna en sautant
comme des jets d'eau. Sur ces lames clapo-
tantes et écumeuses, la chaloupe bondit,
mais n'avança pas. Un effroyable roulis la
tourmenta en tous sens. Des torrens d'eau et
de grêle l'emplirent, obscurcissant l'air qu'ils
hachaient verticalement. A l'avant, à l'arrière,
partout l'abîme, partout la mort. Saphor
tomba épuisé, anéanti ; une sueur coula de

son front froide. Llinda se cramponna fréné-
tiquement à lui.

Pas un mot, pas une plainte, pas une
prière ne s'échappèrent de leur bouche.

La nuit vint doubler leurs angoisses.

Tantôt noire et tantôt flambante, elle fut
horrible cette nuit de tempête et de cahos sur
cet étang dont les eaux, reflétant alternativement des feux livides et une obscurité
profonde, semblèrent tumultueusement rouler des éclairs et des ténèbres en fusion. Le
feu se confondit avec l'eau; l'air avec le feu;
la lumière, les ténèbres, le vent, la pluie, la
grêle avec tout. Déchiré par des milliers de
tonnerres vingt fois par seconde le firmament se fendit, et, chaque fois, montrant
béante une gueule immense de feu, sembla
vouloir y engloutir la terre.

Au milieu de cet horible conflit des élémens qui semblaient ne lutter avec tant d'a-

charnement que pour se disputer les débris
de leur chaloupe et les lambeaux de leurs
corps ; Saphor et Llinda se tenaient convul-
sivement embrassés. La peur les clouait l'un
à l'autre.

Tout à coup leur chaloupe atterre et cra-
que ; elle glisse et grince. La coque se brise
et s'ouvre en deux. La lame qui l'avait vomie
se retire emportant une des moitiés pour sa
part. L'autre moitié reste à terre. Les deux
naufragés s'y cramponnent.

Ils sont sauvés.

VII.

LE MAS D'AUMUSSON.

> Les évènemens sont attachés les uns
> aux autres par une fatalité invincible.
>
> > LEIBNITZ

> *Terani ballah wa bak ana dukhilai.*
> Tu me vois par Dieu et par ta vie je suis
> ton protégé.
>
> > SAADI.

Tout homme une fois en sa vie au moins
s'est trouvé en danger imminent et en quelque
sorte inévitable de mort soit par accident,

soit par toute autre cause. La situation de
l'âme dans cette circonstance, lorsqu'aucun
antécédent ne l'a familiarisée avec l'idée de la
mort échappe à l'analyse. Après un désespoir
qui se formule de diverses manières selon les
individus, on arrive à une espèce de marasme
moral qui, sans être de la résignation, n'est
pas du désespoir concentré, n'est rien de ce
qui a un nom, mais est peut-être plus poignant
et plus horrible que tout cela. Avec toutes
les facultés viables, on sent la vie s'éteindre;
on ne fait aucun effort pour la retenir;
dans une inexprimable confusion d'idées, de
pensées et de sensations, on ne s'arrête à rien,
on ne pense à rien, on ne sent rien de ce
qu'on a senti, pensé, décidé dans le cours de
sa vie. C'est le cahos de l'âme vivante aux
prises avec toute la sensibilité de la matière
morte. Si cet état durait long-temps, il serait
la mort et la transition serait insensible.

Avec la cessation imprévue du danger,
il se prolonge encore pendant quelques
instans et l'âme ensuite a grand'peine à
se rasseoir au point de croire à la vie qui,
cependant n'avait pas cessé d'être.

Ils étaient dans cet état Saphor et Llinda
cramponnés à la coque de la chaloupe opposant une résistance instinctive à la mort qui
ne voulait plus d'eux et jetés à terre par la
tempête qui, furieuse et regrettant ses proies,
écumait, sifflait et rugissait encore.

Hors de danger ils ne s'en doutaient même
pas, la peur avait refoulé dans les plus profonds
réduits de leur âme, les sensations, l'espérance
elle-même.

Peu après cependant, revenant à leur état
normal, chacun d'eux ne paraissait occupé
que du danger qu'avait couru l'autre.

Ils s'aimaient tant.

Epuisé par tant de saccades, l'eau, l'air, le

ciel, tout, autour d'eux avait repris son calme.
La nuit s'était tue , quelques tonnerres seuls
grondaient encore dans le lointain mêlant leur
sourd roulement au bruit des gouttes tombant
du haut des arbres sur les feuilles sèches jon-
chant le sol, détachées par l'orage.

Harassés de fatigue , exténués de faim et
trempés de pluie glacée , Saphor et Llinda
marchaient sous des touffes d'arbres dont les
feuilles scintillaient humides et brillantes aux
rayons de la lune. Ils se tenaient par la main,
ne se parlaient pas ; mais au moindre bruit de
leurs pas ou du vent , Llinda frissonnante se
pressait tremblante contre Saphor.

Long-temps ainsi attardés dans ce lieu désert,
égarés, ils cheminèrent sur l'herbe baissant
sans bruit sa tête sous leurs pieds. Parvenus à
l'issue du bois qu'ils traversaient, ils virent,
non loin d'eux, une masure d'où s'échappait
par la porte ouverte , une clarté tremblo-

tante et rougeâtre brillant dans l'obscurité comme une étoile.

Ils s'y dirigèrent.

En approchant ils entendirent distinctement des bruyans éclats de voix d'hommes entre-coupés de jurons et de silence. Llinda s'arrêta hésitante , Saphor la rassura.

Ils entrèrent.

Autour d'une table boiteuse au centre de laquelle flambait dans un vase en terre cuite et avec une fumée puante et noire , une grosse mèche humectée d'huile d'olive , quatre hommes de guerre à la mine brutale et sinistre, jouaient au dés. Leurs têtes s'avançaient avides et en silence lorsque les dés roulaient sur la table , et leurs corps se rejetaient en arrière bruyans ou trépignans , lorsqu'ils avaient cessé de rouler. Ce va-et-vient de têtes et de corps était chaque coup fort régulièrement exécuté et donnaient une physionomie fort originale,

aux explosions de voix et au silence qui l'ac-
compagnaient alternant comme le chant de
mort d'une absoute.

Le costume de ces hommes n'avait d'uni-
forme qu'un mélange irrégulier et bizarre de
luxe et de misère. Il était purement de fan-
taisie comme celui des bandits disciplinés.
Tout autour d'eux, des cruchons de vin, ou
pleins ou vides gisaient sur le sol. Leurs armes étaient amoncelées dans un coin.

Ces hommes étaient des routiers, espèces
de brigands, qui se mettaient à la solde de
tout guerroyeur qui voulait d'eux.

Ils n'étaient pas seuls dans cette masure.

Sous le manteau de la haute et vaste che-
minée, deux chevaliers chaussés d'un seul
éperon et à l'armure incomplète, séchaient
leurs habits mouillés à un feu brillant et vif
de sarmens qui brûlaient dans l'âtre. Leur figure était recouverte d'un masque, mais si

parfaitement fait et reproduisant avec tant
d'exactitude, les divers jeux de leurs physionomies qu'il paraissait ne faire qu'un avec elles.

Ces chevaliers étaient deux faïdits (1).

Non loin d'eux et dans l'angle le plus obscur de ce taudis, grommelait une vieille femme
sèche, ridée, hideuse. Roulant des yeux chas-
sieux et colères, elle fixait alternativement les
faïdits qui brûlaient son bois et les routiers
qui buvaient son vin.

Cette femme était la maîtresse du logis, hé-
bergeant malgré elle tous ces gens-là qui,
sans trop de façons, usaient d'une hospitalité
plutôt imposée que demandée.

Dès que Saphor et Llinda parurent sur le
seuil de la porte, ces divers personnages les
accueillirent diversement.

(1) Tous les auteurs de l'époque s'accordent à parler de l'inconcevable perfection de ces masques dont on
n'a pu garder le secret.

— Bernade, une brosse à ce seigneur et à sa dame : dit un des routiers en s'adressant à la vieille.

Les trois autres accueillirent par un bruyant éclat de rire cette fade plaisanterie.

— Seigneur, il y a place au feu pour vous et pour votre dame : dit un des faïdits à Saphor, en échangeant un regard d'intelligence avec son compagnon.

Le son de cette voix fit frissonner Llinda.

— Quelle journée maudite ! ne faudra-t-il pas que j'héberge tous les vagabonds du comté? grommela la vieille dans son coin, en jetant un coup-d'œil sur les nouveaux arrivans, dont les habits trempés d'eau et salis de boue motivaient assez cette impertinente boutade.

Saphor avait tout entendu. Lançant un regard de mépris sur les routiers, il accueillit par un gracieux sourire l'invitation du faïdit et tirant de son escarcelle une poignée de sous melgoriens , il les jeta à Bernade en lui disant:

— Ou suis-je? la vieille!

Peu faite à de si généreuses manières, Bernade se leva radoucie et tirant une profonde révérence à Saphor:

— Vous êtes dans le mas d'Aumusson, dit-elle et moi j'en suis la maîtresse, pour vous servir, beau seigneur, ainsi que votre belle dame.

A ces mots Saphor devint soucieux; Llinda se pressa contre lui, plus pâle et plus tremblante que jamais.

Ce n'était pas sans motif.

Le mas d'Aumusson, jouissait dans tout le pays d'une célébrité bien triste. Les uns disaient que Bernade avait à ses ordres tous les diables de l'enfer, pouvant à volonté se métamorphoser en homme, en bête féroce et se multiplier à l'infini. D'autres racontaient que le mas se changeait tantôt en chaudière d'eau bouillante dans laquelle cuisaient ceux qui avaient le malheur de s'y arrêter, d'autrefois, en bâtiment ailé, emportant loin de leur patrie ceux qu'y attirait le hasard.

En cela, il y avait quelque chose de vrai.

Bâti dans un lieu désert, tout près de l'étang, sur les bords de l'Aumusson où venaient s'approvisionner d'eau les Maures qui, à cette époque, faisaient de fréquentes descentes sur ces côtes, pillant les fermes, enlevant les femmes, ce mas servait de halte à ces forbans et de point de réunion à tous les malfaiteurs du pays. La crédulité, la terreur et le goût du merveilleux avaient brodé sur tout cela. — Rassuré sur les facultés magiques de Bernade et de son mas, Saphor ne l'était pas sur le reste.

Trop avancé pour reculer, il se tenait sur ses gardes, ayant pris avec Llinda sa part du feu qu'il attisait avec un gros bâton de cor-

mier noirci et durci à la peine. Les deux
faïdits ne paraissaient occupés qu'à sécher
leurs habits trempés par l'orage. Les routiers
ne jouaient plus, et debout, près de la che-
-minée, devisaient, se détachant de temps à
autre pour aller se verser du vin et boire.
Bernade, ayant ramassé les sous melgoriens,
qui, pour la calmer, lui avait jetés Saphor
comme un os à un chien, suivait d'un regard
courroucé les fréquentes libations des routiers, et disait chaque fois : les ivrognes, ils
me boiront tout mon vin !

—Tu grommelles, la vieille, je crois, dit un
des routiers, ne dirait-on pas qu'on va vider
ta cave, pour quelques mauvais cruchons de
piquette que tu nous vends à crédit. Nous te
paierons à la foire de la saint Jean.

—Mieux vaut dire alors que vous ne me
paierez jamais.

— Et pourquoi?

— Parce qu'il n'y aura point de trève à cette foire (1). Vous en avez fait tant à celle de la mi-carême que, Dieu me pardonne, il serait plus sûr dans un bois que dans les leudes.

— Qui dit cela ?

— Mais tout le comté, Jésus Dieu, il n'est pas un marchand qui n'ait été pillé ou battu par quelques méchans vauriens...

— Parle avec plus de respect, ribaude, ou je te casse ta dernière dent. Voyons, pas de bavardage : apporte du vin, lui dit un des routiers.

— Encore du vin ! encore du vin ! c'est bien dit, lorsqu'il renchérit tous les jours, grâce à ces chiens de croisés qui arrachent partout dans les vignes, pour élever leurs bûchers.

(1) Les routiers ne pouvaient entrer en temps de paix dans les villes que pendant les foires, aussi volaient-ils alors avec une inconcevable impudence. Cette trève était pour eux une espèce de bill d'indemnité.

— Oh ! oh ! la vieille sorcière tient pour ce damné de Raymond ! En avant les cruchons ! vidons la cave de l'hérétique !

Et malgré le refus et l'opposition de la vieille, ils burent tant qu'ils avaient peine à se tenir debout.

Cet état mixte de calme et de tempête du-rait depuis assez long-temps déjà, lorsqu'un des routiers, s'emparant effrontément d'une des mains de Llinda, qu'il attirait à lui, dit en balbutiant à Saphor :

— Dis donc : n'y a-t-il point part pour les amis, de la belle dam.....

Il n'acheva pas.

— Insolent ! repartit Saphor.

Et d'un coup de son bâton de cormier, il lui fendit le crâne et l'étendit à ses pieds.

Prêts à venger leur camarade, les trois autres routiers sautèrent sur leurs armes et assaillirent Saphor l'épée au poing. Gêné dans

ses mouvemens par Llinda qui voulait lui servir de bouclier, ce dernier pliait déjà.

— Ils me les tueraient! dit un des faïdits,
cela ne fait pas mon compte.

Et se rangeant à côté de Saphor, il attaqua
vigoureusement les routiers.

Grâce à ce renfort, les routiers plièrent à
leur tour, peu après mirent bas les armes et
Saphor s'adressant au faïdit qui avait si géné-
reusement pris parti pour lui :

— Merci de ton bras, chevalier, lui dit-il,
je suis Saphor, fils de Dominique: cette dame
est ma femme, entre toi et moi c'est maintenant à la vie et à la mort : emploie-moi dans
l'occasion.

Ces mots arrachèrent au faïdit un sourire
inaperçu sous son masque, il aurait pu se
passer de cette confidence.

C'était Guiraud.

Son compagnon c'était Brunelle.

VIII.

LA SORCIÈRE.

> *Bound about the causdron go
> inthe poisoh'ed entrails thro dou-
> ble double toil and trouble fire
> bum and causdron bubble.*
>
> Tournons autour du chaudron jetons-
> y nos poisons, redoublons, redoublons
> nos soins, nos efforts, le feu brûle et le
> chaudron bout.
>
> SHAKSPEARE.

Dans une chambre à croisées en ogives,
meublée avec autant de goût que d'élégance,
ils étaient deux, un homme encore jeune et
une vieille femme.

L'homme, debout dans l'angle le plus obscur de l'appartement, appuyait sa tête dans sa main et son coude sur un socle en marbre. Dans cette contemplative pose, silencieux et immobile, on l'aurait dit de même nature que le socle, sans un léger sourire qui, de temps à autre, crispait ses lèvres.

Éclairée en plein par les rayons de la lune, la femme épluchait des plantes à feuilles découpées, en faisait des petits paquets et les rangeait devant elle dans un ordre cabalistique.

Auprès d'elle était un grand réchaud dans lequel flambait du charbon : à côté, une corbeille en osier à laquelle, de temps à autre, quelque chose d'invisible imprimait un mouvement irrégulier et brusque, et puis çà et là d'autres objets que l'obscurité empêchait de distinguer.

Un clepsydre (1) laissant tomber sa dernière goutte d'eau, marqua la douzième heure de la nuit.

L'homme ne bougea pas. La femme s'accroupit devant le réchaud, ranimant le charbon de son souffle.

Peu après, debout et avec une baguette noire terminée par une tête de serpent, elle traça plusieurs cercles autour du réchaud. Puis, balbutiant quelques mots mystérieux, elle prit un fiel de bœuf, le porta à sa bouche, le déchira avec les dents et en jeta les débris sur les charbons.

Un bruit semblable au frissonnement trop énergique d'une friture se fit entendre. Une fumée noire et épaisse s'exhala du réchaud, et des ombres fantastiques se hissèrent en grandissant, projetant sur les murs leurs découpures noirâtres.

(1) Espèce d'horloge d'eau qui avait remplacé les sabliers, et de l'invention de Scipion Nasica.

Inondé par les globules bouillonnans du fiel de bœuf, le charbon s'éteignit et tout rentra dans l'obscurité.

—Mort! mort! mort! cent fois mort! glapit la voix aigre et sèche de la vieille.

Alors, à travers la fumée et à la lueur de quelques rayons de la lune pénétrant par les croisées dans la chambre, l'homme immobile vit assez distinctement la vieille prendre la corbeille d'osier et la renverser sur le réchaud. Par cette brusque conversion tout ce qui était dans l'une passa dans l'autre. Les charbons du réchaud, quoiqu'éteints, étaient brûlans encore, et au bruit qui s'échappait de dessous la corbeille, il était aisé de voir qu'un drame horrible s'y dénouait.

En effet, un chat miaulait, un chien hurlait, un serpent sifflait : d'autres animaux différens d'espèce et de genre, y poussaient, en cherchant à se soustraire au contact brû-

lant des charbons, leur cri de détresse et
d'angoisse. A cette infernale symphonie de
douleur et de rage, se mêlait, impassible et
lente, la voix de la vieille, qui, psalmodiant
des paroles inintelligibles, semblait avoir entonné le *miserere* à tous ces agonisans.

Peu après ce fut bien autre chose.

Lorsque la rareté et le ton traînant et lamentable des cris dénotèrent la prostration
physique de tous ces martyrs, la vieille ouvrit
une lanterne sourde allumée. Elle en promena
lentement la mèche sur un vase à large orifice découverte, et rempli d'un liquide inflam-
mable.

Une flamme tremblotante et bleue sautilla
tout autour : la vieille l'activa en y plongeant
à plusieurs reprises sa baguette à tête de serpent.

Puis elle prit le vase par ses deux anses, et
prononçant quelques mots que personne n'en-

tendit, elle en versa sur la corbeille le liquide enflammé, qui, de là, retomba en pluie
de feu sur les malheureux agonisans au-dessous.

D'un coup de sa baguette elle enleva la
corbeille et découvrit le réchaud.

Alors, à demi-calcinés et enveloppés dans
une peau commune de feu, tous ces animaux
quadrupèdes ou bipèdes, reptiles ou insectes
se précipitèrent hors du réchaud, fuyant ce
feu qui les suivait, inhérent à leurs corps
comme la queue des comètes chevelues.

Pendant que bondissans ou rampans, ils se
débattaient dans d'atroces tortures, la vieille,
sa lanterne à la main, suivait à la trace leur
traînée lumineuse, guettant l'instant où ils
expiraient, et recueillant avec une éponge la
bave dont une rage convulsive avait humecté
leurs lèvres au moment de la mort.

Cette opération terminée, et lorsqu'il ne

resta de vivant dans la chambre qu'elle et l'impassible témoin de cette scène, la sorcière — car c'en était une — versa sur son éponge imprégnée de bave quelques gouttes de divers résidus contenus dans des flacons d'une forme bizarre. Puis, pressant l'éponge entre le pouce et l'index de sa main gauche, elle en fit découler le liquide dans une peau de vipère écorchée vivante.

— Voilà pour le mari! à l'autre maintenant, dit-elle en rangeant dans un certain ordre mille ingrédiens servant à ses pratiques magiques.

L'homme appuyé sur le socle ne dit rien et la laissa faire.

La clepsydre marqua une heure après minuit.

— Le temps marche plus vite que nous, dit la vieille, maintenant l'enfer repose, je suis comme l'enfer, à une heure après minuit les conjurations magiques sont sans résultat.

Et elle cessa ses opérations.

Son taciturne compagnon s'approcha d'elle.

Il prit la peau de vipère dans laquelle était la bave recueillie sur les lèvres pantelantes de tant d'animaux morts dans l'accès d'une rage frénétique.

— Une partie de ma vengeance est donc là! dit-il.

— Elle est là si Saphor et Llinda sont encore amoureux l'un de l'autre, repartit la sorcière.

— Et s'ils ne l'étaient plus ?

— Il faudrait recourir à d'autres moyens. Ce philtre n'a de pouvoir que sur des cœurs amoureux. Il allume le sang et l'énerve : il le met en tout temps, à toute heure aux prises avec des désirs dévorans, avec une frénésie de volupté, un délire des sens qui se rue sur l'objet aimé et n'aboutit jamais qu'à l'impuissance. C'est un tourment d'enfer.

— Je le crois. Et Llinda ?

— Si elle l'aime elle sera torturée comme lui. A une volupté délirante qui galvanisera ses sens, je donnerai pour stimulant et pour supplice la passion effrénée de Saphor luttant sans relâche et sans succès contre cette même passion impuissante, et je ne sais trop qui sera le plus à plaindre de ces deux époux dont toute la fièvre d'amour et de volupté se résumera en bonne volonté de part et d'autre.

Après ces mots ces deux interlocuteurs échangèrent un sourire qui avait quelque chose de satanique.

Et ils sortirent de cette chambre.

Dans cette sorcière et dans cet homme qui associaient à leur vengeance l'exorcisme et la magie, le lecteur doit avoir reconnu Brunelle et Guiraud.

C'étaient eux en effet qui pour désunir Saphor et Llinda, et parvenir ensuite plus facilement à leur but., avaient conçu un de ces moyens que la plume hésite à transcrire et dont l'imagination a peine à se retracer la torture et l'atrocité.

Il s'agissait, comme on a pu le voir, de raffiner le tourment de Tantale en changeant le siège de la faim, où, si l'on veut, en irritant jusqu'à la frénésie, les désirs voluptueux toujours insatiables de Saphor et de Llinda.

Ce commencement de vengeance avait souri à Guiraud.

— Emploie tout ton art, avait-il dit à Brunelle, pour que Saphor et Llinda sachent ce que c'est que de désirer en vain ! Et moi aussi, dans la tour de Gavarnie, j'ai eu pendant de longs jours et de longues nuits cette rage d'amour que tout irrite et que rien n'assouvit ! Ah! Llinda, Llinda, vertu farouche, tu souffriras donc ce que jai souffert! puisses-tu ne pas en mourir, ta vie m'est encore nécessaire!

En prononçant ces derniers mots, Guiraud contemplait avec une joie frénétique, ce philtre dont son âme racornie pressentait et désirait tant l'effet atroce.

Une série de circonstances le mit bientôt à même d'en voir le résultat.

Et voici comment :

Lorsque dans le mas d'Aumusson, Saphor, grâce au bras de Guiraud, eut repoussé l'attaque des routiers, il fit à son libérateur les offres les plus obligeantes. Avec cette franche cordialité des hommes de guerre d'alors, il le pressa d'accepter un logement dans son château, pendant tout le temps de son séjour dans le pays, Guiraud n'eut garde de refuser, le hasard l'avait servi à souhait.

Dès le lendemain, installé avec Brunelle dans le château de Saphor, il respirait le même air que Llinda; à chaque instant du jour il pouvait suivre du regard les ondulations gracieuses de ce beau corps de femme, entendre le timbre musical de sa voix veloutée, ou le frôlement de ses robes; il était aux anges ! Sa vengeance n'était plus qu'une question de temps et d'à-propos. Sa haine, son amour, tout couchait sous le même toit ; il pouvait caresser d'une main et frapper de l'autre : c'était doubler son existence.

Pendant les premiers jours, toutes les fois que devant Llinda parlait un des deux faïdits, ce son de voix tintait cruellement au cœur de la jeune femme, et son sang affluait brûlant à sa tête... elle croyait reconnaître Guiraud ou Brunelle ; mais ne pouvant démêler leurs traits sous les masques qui les recouvraient, et réfléchissant au peu de fondement et au vague de sa terreur, elle l'attribua à l'agitation de ses sens, et à une panique toute de souvenir. Elle parvint à se rassurer.

Quant à Saphor, étranger à l'inquiétante

préoccupation de Llinda, et tout engoué de son hôte, il ne cherchait pas à pénétrer le mystère dont il s'enveloppait sous le masque. Ne voyant en lui qu'un libérateur, il ne le quittait jamais sans lui presser la main, ne soupçonnant pas que, chaque fois, sa main pressait celle d'un traître.

Depuis quelques jours déjà, à cette douce et franche intimité qui avait animé les premières années du mariage de Saphor et de Llinda, avait succédé une de ces défiances vagues, sans motif et sans but, mais d'autant plus terribles que leur cause mystérieuse échappe à toutes les investigations. Ils se cherchaient et craignaient de se rencontrer; ils s'abordaient en tremblant : ils rougissaient en se parlant ; ils se fixaient long-temps avec amour, avec délire, et dans leurs yeux roulaient toujours des larmes ; dans leurs regards se peignait le désespoir d'une illusion détruite. Ils n'en étaient pas encore aux reproches, mais de temps en temps, un sourire amer errait sur leurs lèvres : leurs mains restaient l'une dans l'autre muettes et froides.

Tout cela c'était l'œuvre du philtre de Brunelle, de ce composé magique que nous avons vu préparer au commencement de ce chapitre.

Pouvant à toute heure du jour voir Saphor et Llinda, à l'abri du soupçon sous son masque de faïdit, Guiraud avait facilement trouvé l'occasion de jeter dans leurs cœurs et leurs têtes cet infernal poison de volupté toujours désireuse et toujours impuissante.

Il l'avait saisie avec transport.

Et depuis ce moment une existence nouvelle avait commencé pour ses victimes. Toujours en proie à une de ces fièvres d'amour qui, dans les âmes ardentes se convertissent non pas en désirs, mais en besoins impérieux, ces deux époux se jetaient avec frénésie dans les bras l'un de l'autre, et là tout activait leurs désirs; rien ne les émoussait. Dépités et confus, ils se séparaient et pleuraient.

Elles étaient brûlantes leurs larmes.

En effet qu'on se transporte en idée à une de ces belles nuits de vingt ans que ravive parfois un de ces rêves de volupté dont on recherche avec tant de plaisir, les traces au réveil. Les mains, le cœur, la tête, tout, brûle; sur des lèvres de feu on sent se coller frémissantes des lèvres de feu; on aspire avec bon-

heur une haleine haletante d'amour : on
étreint et on s'abandonne : on brûle et on
tremble : l'âme entière est dans les sens. Une
image d'objet aimé enveloppe comme un
nuage qui servirait de prison, prison de volupté à la forme toujours suave, au contact
toujours galvanique ou l'on meurt, ou l'on re-
naît ; ou l'on meurt encore dans des torrens
de délices dont l'imagination seule fait tous les
frais. Eh bien ! Quand pouvant suffire à peine
à tant de bonheur, l'âme est arrachée à ces
élans incomplets encore et dont un réveil importun a tari la source, à un violent dépit qui
frise toujours la colère, se joint quelque chose
qui n'est pas du malaise, qui n'est pas de la
confusion, mais qui emprunte à ces deux affections ce qu'elles ont de plus poignant.
Cette situation n'est heureusement qu'instan-
tanée : elle ne dure que le temps nécessaire à
l'âme de se rejeter sur les souvenirs du mo-

ment d'avant. Elle s'y crampoune et se console.

Saphor et Llinda étaient dans cet état continuel de transports et de désappointemens. Ils en éprouvaient, avant tout le dépit et ce quelque chose sans nom. Leurs souvenirs étaient peut-être le plus cruel de leurs tourmens. Ils leur rappelaient ce qu'ils auraient voulu oublier l'un et l'autre, une frénésie des sens n'ayant qu'eux pour objet, et se brisant forcément contre une mystérieuse impuissance.

Les jours avaient succédé aux jours, les nuits aux nuits, et cela durait encore. Une sombre mélancolie minait Saphor et Llinda. Guiraud savourait son commencement de vengeance. Mais le philtre n'opérait pas assez violemment à son gré; il voulut en doubler, en tripler la dose : il lui fallait une occasion favorable : elle se présenta.

IX.

UN DINER D'APPARAT AU 13ᵉᵐᵉ SIÈCLE.

> Toutes les grandes pensées viennent
> de l'estomac.
> > BRILLAT-SAVARIN.
>
> Après table mise la danse
> Avec tant et grande plaisance,
> Qu'à chacun il fût bien avis
> Qu'il fût tout vif en paradis.
> > PIERRE GRINGOIRE.

Un jour, tout dans le château de Saphor et aux environs avait pris un air de fête. Par la croisée, sur la porte principale, au sommet des tours, des drapeaux, des banderolles laissaient depuis le veille, frissonner au vent leurs couleurs chatoyantes. Dès le matin, les cloches de l'église avaient tinté, leur plus beau carillon faisant circuler dans l'air une parcelle de cette joie qui bruissait au-dessous d'elles.

A cet appel, la population d'une journée d'alentour s'était agitée ondulente et joyeuse. Les femmes endimanchées avaient étalé coquettement leurs robes de nouvelles formes. Elles avaient abandonné la *traînante* récemment proscrite par ordonnance, et, les hommes la *toge* qui avait fait donner à la province le nom de *togata.*

Et de près et de loin, des longues files d'invités s'abordaient en riant, en criant, en échangeant un complim ent ou un sarcasme. Puis elles s'arrêtaient ébahies devant le tréteau d'un jongleur ou écoutaient attentives quelque conteur, chantant l'*histoire de Phénisse* que

sa nourrice fit transir ou celle de *doin Lu-*
cifer tombé par orgueil de sa gloire.

Chanteurs, jongleurs, invités, tout ce monde
qui se pressait autour du château, dans les
salles, partout était réuni là par une pensée
de plaisir et de joie, une de ces pensées si rares
avec lesquelles l'homme toujours âpre aux réjouissances ne transige jamais. C'était l'anniversaire du mariage de Saphor et de Llinda.
Comme tant d'autres, désireux d'étaler une
apparence de bonheur, ces deux époux avaient
voulu le fêter dignement. Les invités qui, là
comme dans toutes les fêtes, étaient tacite-
ment convenus de s'amuser et d'admirer, se
promettaient de l'admiration et de la joie
pour ne pas en perdre l'habitude.

Sur le soir avant que des milliers d'étoiles
resplendissent au firmament, des tables furent dressées sur la terrasse du château. De là
se déployait à la vue un paysage admirable,

des collines et des montagnes, une plage et
un étang, une mer et un ciel, un pays changeant de forme, des versans de nuances, une
mer de couleur, un ciel de lumière, suivant
le caprice des derniers rayons d'un soleil
couchant. Au niveau de la terrasse, et comme
des flots de curieux, des vieux arbres pressaient leurs têtes capricieuses sur lesquelles
des pies habillaient comme des voisines en
goguette. Puis, au milieu de cet étang qui
reflétait le ciel, le regard cherchait envain
Maguelonne cette Venise d'un autre âge, oc-
cupée par Marius, prise par Wamba, rasée
par Charles-Martel, vingt fois détruite, vingt
fois rebâtie et enfin engloutie dans ses eaux,
qui, chaque fois avaient semblé la raviver
comme pour prouver que la mort et la vie se
tiennent par la main dans cette nuit où nous
marchons tous. Enfin le soleil se coucha : les
versans perdirent leurs nuances, la mer sa

couleur, le ciel sa lumière. De l'étang s'éleva un brouillard qui mangea peu à peu les contours des collines et les lignes indécises du paysage. Puis on ne vit plus rien : on n'entendit plus rien : il fit nuit.

Alors et comme par enchantement, des torrens d'une fantastique clarté ruisselèrent partout. D'innombrables girandoles à la flamme jaune, rouge, bleue semblables à autant d'étoiles rivalisant avec celles du ciel, changèrent l'obscurité en lumière, la nuit en jour.

Des trompes sonnèrent la cornée de l'eau (1). Cent varlets alignés comme les colonnes d'un temple donnèrent à laver. Les convives circulèrent d'abord bruyamment autour des tables et puis choisirent leurs places, les serfs, avec les serfs, les bourgeois avec les bourgeois.

(1) On annonçait à son de trompe que les valets étaient prêts à donner à laver. On appelait cela *corner l'eau.*

A une table séparée s'assirent après la question si épineuse alors des préséances, les chevaliers et leurs dames n'ayant pour chaque mets qu'une assiette commune, qu'un verre commun. C'était l'usage ; ils devaient manger à la *même écuelle*, boire au *même vase*. Saphor et Llinda se placèrent au haut bout.

Derrière leurs sièges, sous l'apparence d'échansons d'honneur, mais en réalité pour noyer l'âme de leurs victimes dans les flots de l'infernal breuvage qu'ils avaient préparé, se tinrent debout Guiraud et Brunelle. Des hommes armés de toutes pièces devaient verser à boire aux autres convives, eux s'étaient chargés d'emplir les verres des maîtres. Ils leur enviaient jusqu'à cet anniversaire de joie, les infâmes !

Il y eut un moment de silence, un chapelain fit le signe de la croix : tous se décou-

vrirent ; il récita le *benedicite* : tous répon-
dirent *amen*, car ils priaient nos bons aïeux,
bien plus ils croyaient à la prière. Ils avaient
cela de plus que nous et certes ce n'était pas
peu de choses !

On servit.

Au centre de la table des chevaliers, du
milieu d'un dormant représentant une pé-
louse herbeuse et ornée, sur les bords de son
pourtour, de plumes de paon et de rameaux
verts fleuris, s'élevait une tour argentée
avec ses murs et ses créneaux. Dans l'intérieur de cette tour et à travers les dentelures
à jour de son centre on voyait, comme dans
une volière, jouer des oiseaux rares et des
huppes aux pieds dorés ; sur son donjon flot-
taient des bannières aux armes des chevaliers
présens. De sa base s'élevaient quatre jets
d'eau qui retombant en pluie fine, allaient

travers un lit de marguerites et de violettes, emplir les fossés de la tour.

Quatres *nefs à potages* contenant des soupes différentes furent placées aux angles de la table flanquant cette tour si coquette et se dessinant dans des tourbillons de fumée comme des vaisseaux embossés qui font feu de toutes parts. Chaque convive pouvait choisir entre la soupe aux grenades, aux vitelots, au gruau et la soupe dorée, cette succulente panade dont l'empereur Vitellius eut une indigestion qui dura trois jours.

Entre les *nefs à potages* et comme des enfans perdus, étaient les hors-d'œuvre, appétissantes nullités parmi lesquelles on remarquait les pieds de veau au safran, et ces tant regrettables branches de jeune cerf coupées menu, frites dans du sain-doux et que, par respect, un duc d'Albe, le gourmand le plus renommé de son temps, mangeait toujours tête nue.

Puis, dans des plats à cadenas se mainte-
naient chauds, des quartiers de lièvre qui
avaient passé une nuit dans le sel, des civets
de cerf, des poulets farcis couverts de rôties
dorées, de dragées et de grenades et d'autres
entrées relevées par la sauce *cameline*, le
mostechan et la *madame râpée* surtout dont
maître Pastourel prime queux (1) de Louis
XI, recommandait l'usage aux femmes sté-
riles et aux amans en bonne fortune. Deux
énormes pâtés argentés tout autour, dorés
par-dessus et farcis comme les poches d'un
enfant hargneux qui part pour l'école, cou-
ronnaient ce service.

— A boire ! s'écria Saphor en se levant : à
la santé des dames et à la gloire des saints ces
beaux seigneurs du paradis !

Tous répétèrent ce toast.

Saphor tendit sa coupe vide à Guiraud qui

(1) Cuisinier.

la lui rendit pleine après que Brunelle y eut versé quelques gouttes de ce magique liquide conservé dans la peau de vipère.

Llinda y trempa ses lèvres : Saphor avala tout d'un trait.

Les deux faïdits échangèrent un regard et un sourire. Au milieu de cette joie qui bruissait autour d'eux, ils ne voyaient que deux victimes dont leur basse haine pouvait facilement empoisonner les sensations les plus pures.

On desservit et l'on servit encore.

Mais, dès ce moment ce ne fut plus cette ennuyeuse symétrie, étiquette austère qui semblait jusqu'alors avoir cadenassé la joie comme les plats (1). Avec les grosses viandes débordèrent les gros rires. Le prime queux

(1) Le premier service était ordinairement servi dans des plats à cadenas que le prime queux ouvrait et dégustait en présence de tous.

en coutume d'honneur, sa baguette blanche à la main et son trousseau de clefs d'argent de l'autre, ne vint plus ouvrir cérémonieusement les plats comme pour narguer l'impatience des convives. Tout, avec un savant désordre, fut étalé dans sa native allure. La vieille profusion des temps anciens put thrône à son tour. Il n'y eut plus de ses transformations artistiques dont les palais blasés des derniers Romains prisaient tant l'ingénieuse combinaison. La chair fut chair et le poisson, poisson. La peau d'un turbot ne cacha plus la viande odorante d'un héron du lac d'Ambonne : sous l'enveloppe et dans la fiante musquée d'une sèche, ne nagèrent plus des merles blancs d'Auvergne et des gelinotes de Roquaute. Mais à un des bouts de la table un sanglier rôti entier, dardait ses défenses contre un esturgeon cuit au persil et au vinaigre : à l'autre, un énorme marsouin ouvrait sa gueule

montrant ses deux rangées de dents comme
pour y broyer des faisans, des oisons, des
pluviers, des vanneaux et des lapins et des
lièvres qui semblaient fuir devant cet ennemi
d'une nouvelle espèce.

Du milieu de cette ménagerie rôtie ou gril-
lée, s'élevait comme une montagne un quartier de baleine posé sur un lit de jaunes d'œuf
parsemés de graines de fenouil confites au
sucre. A côté se rengorgeait un paon farci de
marrons, de safran, de poudre d'or et servi
avec son plumage brillant, sa queue étalée,
beau comme sur le dressoir.

Tout cela, bêtes fauves ou cétacés, oiseaux
de basse-cour ou de passage, habitans de l'air
ou de l'eau, des forêts ou des étangs, des
montagnes ou des plaines étaient arrosé d'eau
rose et de jus d'orange et surtout saupou-
dré d'iris et de poudre d'or, luxueux usage
que les gastronomes de Rome payenne avaient

introduit dans la Provence avec leurs institu-
tions et leurs lois.

En extase devant l'ordonnance et la profusion de ce service, les convives se disposaient à y faire honneur, lorsqu'au sommet
de la tour argentée qui s'élevait couronnée de
bannières au milieu de la table, parut un nain
qui, du haut de cet élégant piédestal, sonna
une fanfare comme pour réclamer l'attention,
et puis, d'une voix forte et sonore, prononça
les vers suivans :

> *Picatz sabre rot*
> Frappez sur le rôti
> *De tal e d'estot*
> D'estoc et de taille
> *E se maï y a*
> Et s'il en reste
> *Retournatz piça.*
> Revenez à la charge.
> *Es envoutatge fourmel*
> C'est l'engagement formel
> *Di senhor di castel*
> Du seigneur du château.

Il salua respectueusement l'assemblée et
disparut.

Cette facétieuse invitation égaya les convives qui se disposaient à y répondre, lorsque des hommes armés de pied en cap, ver-
sèrent à la ronde le coup du milieu. C'était
du vin *hasi* que l'on chauffait en y jetant des
charbons ardens.

Tous en burent.

On eût dit que cette boisson avait doublé
l'appétit. Chacun se servit au gré de son désir, empilant sur son assiette du sanglier, du
marsouin, du faisan, de la baleine et d'autres
viandes jetées par la nature dans des élémens
divers, réunis par l'homme sur la même table.
Nul des convives, cependant, n'osa porter
une main profane sur le paon, c'était la pièce
d'honneur ; y toucher eût été aux droits du
maître un attentat que le sang seul aurait pu
expirer. Saphor le découpa debout et tête nue.

A cette vue, les convives crièrent : *Noël,
noël,* en signe de joie. Des toasts furent por-

tés aux dames, aux saints, aux guerriers, à Dieu. Tout y fut mêlé, réuni, confondu, bravoure et courtoisie, amour et religion, sentimens passionnés du cœur, inspirations pieuses, toute la physionomie morale du siècle. Saphor répondit à tous, buvant à longs traits le vin que lui versait Guiraud, et le poison dont l'abreuvait Brunelle

Ce fut là le dernier acte de ce second service. Puis, vint le dessert avec ses crèmes variées, ses dragées de grains de genièvre pour purifier l'haleine, son cotignac musqué et ses nèfles à l'eau rose, et ses avelines au miel, et son pignolat à l'amande de pin, et ses pâtes sucrées représentant des cerfs ou des cygnes portant, en guise de collier, les armes des châtelains et des seigneurs présens. Et, après le dessert, les *passerilles* et *suplications* avec les vins *herbés* assaisonnés de menthe et d'aloës, les vins *épicés* mêlés de noix muscade et de clous de giroffle , et enfin le vin *hasi.*

Saphor, goûta de tous les vins , de toutes les liqueurs , et chaque fois Brunelle et Guiraud mêlèrent à sa boisson un peu de leur infernal breuvage.

Il en but la dernière goutte avec sa dernière gorgée !

N'ayant plus rien à faire là, les deux faïdits se perdirent dans la foule , ricanant sous leur masque, en regardant Saphor et Llinda, dont ils venaient de briser l'âme comme un enfant qui sépare en deux une abeille pour sucer le miel qu'elle renferme.

Pendant quelque temps encore , les convives restèrent à table, écoutant les conteurs qui, pour les charmer, passaient en revue les souvenirs historiques ou fabuleux de l'antiquité. Les noms d'Achille et d'Hector , de Pâris et d'Hélène , d'Enée et de Didon , de

Dédale *qui sut bien voler*, d'Iscare *qui se noya par son étourderie*, retentirent dans le château comme dans le Péloponèse et l'Ionie, au temps des Rhapsodes voyageurs. Puis aux brillantes symphonies de mille instrumens qui, pendant tout le repas, n'avaient cessé de jeter à l'air leurs notes harmonieuses, succéda un trouvère qui s'accompagnant de la citole, chanta le sirvente suivant, un des plus curieux monumens qui nous restent de la langue des troubadours.

I.

Be mi play lo doux temps de pascor
J'aime bien le doux temps du printemps
Que iai fuelhos e fiors venir;
Qui fait venir les feuilles et les fruits;
E play mi quan aug la baudor
Et j'aime bien quand j'entends le joyeux ramage
Dels auzels que fan retentir
Des oiseaux qui font retentir
Lor chan per lo boscatge;
Leur chant par le bocage;
E play mi quan vey sus elz pratz
Et j'aime bien quand je vois sur les prés

Tendos et pavallos fermatz;
Des tentes et des pavillons plantés ;
E play m'en mon coratge
Et ce qui fait tressaillir mon cœur,
Quan vey per campanhas rengat
C'est de voir rangés par les campagnes
Cavaliers ah cavals armatz.
Des chevaux et des cavaliers armés.

II.

Atrossi mi play un bon senhor
Ce qui me plaît aussi c'est un vaillant seigneur
Quan es primiers à l'envazir,
Quand il est le premier à l'attaque,
Ah caval armat, ses temor ;
Avec son cheval armé lancé au milieu du danger ;
C'aissi fai los siens enhardir
C'est le moyen d'enhardir les siens
Ah valen vassallatge
Aux vaillantes prouesses ;
E quan el es el camp intratz,
Et quand il est rentré au camp ,
Quascus deu esser assermatz,
Chacun doit être empressé
E segr' el d'agradatge
A le suivre de bon gré,
Car nulhs hom non es ren prezats
Car nul homme n'est prisé
Tso qu' a manhs colps pres e donatz.
S'il n'a reçu et donné de bons coups.

Des bravos répétés accueillirent le trouvè-

re qui se rengorgea comme un dindon qui
fait la roue.

Après les *grâces*, tous se levèrent de table,
badaudant, les uns, devant des jongleurs qui
jouaient aux paniers, cabriolaient où passaient
dans des cerceaux : d'autres ; écoutant les
accords du psaltérion et du monocorde ; de
l'estive et du frestel, du sifflet et de la rote,
de la mandore et de la gigue : d'autres enfin
s'égarant dans l'ombre loin des flots d'une lumière qui inondait tout de sa clarté importune,
échangeant un soupir, un mot parfois, un
baiser jamais, seuls loin du tumulte et du
bruit, sous un ciel étoilé dont aucun nuage
ne salissait l'azur.

Cent joueurs de viole placés deux à deux
sur des bancs, jouèrent un air passionné portant à la tête comme un vin fumeux.

On dansa : non pas cette danse sans caractère communément appelée *de caractère* et

qui est à la danse ce que le badigeonnage est
à la peinture : non plus encore cette danse cé-
rémonieuse qui lutte et cède, s'abandonne et
se contraint et, dans sa lutte et sa contrainte,
dévoile toutes les absurdes entraves des con-
venances : mais cette danse d'instinct et d'âme,
danse de fin de bal échevelée, suante, demandant grâce et criant merci.

Le délire est électrique, les vielleurs jouèrent des airs plus passionnés, et la danse devint plus échevelée et plus suante, les bras des
danseurs s'enhardirent davantage : les corps,
les bras, les mains, les yeux, tout parla amour :
la langue moins que tout. Et chacun, comprit
ce langage du corps, des bras, des mains,
des yeux, de tout sous les flots de cette éblouis-
sante lumière qui ruisselait comme des
blonds cheveux de femme : avec la brise du
soir qui mêlait sa fraîcheur embaumée à tant
d'œillades, tant de soupirs brûlans et ces

milliers d'étoiles qui brillaient au ciel comme autant d'argus chargés de surveiller ces œillades et ses soupirs.

Il était tard, bien tard et les vielleurs jouaient toujours et les danseurs dansaient toujours; les joies, les rires se heurtaient, se croisaient dans l'air mêlés aux émanations des fleurs, au parfum des rafraîchissemens, à l'haleine douce et voluptueuse des femmes, à leurs sourires enchanteurs. Saphor et Llinda surtout étaient heureux ; cette ivresse qui jaillissait de partout et sous toutes sortes de formes leur rappelait le jour de leur mariage. C'était le même bonheur, le même délire : pourquoi eux seraient-ils changés? ils ne le croyaient pas : leurs yeux, leur bouche tout en eux disait le contraire. Ils riaient, ils buvaient oublieux de leurs tortures récentes ; c'était l'entr'acte d'un drame triste pendant lequel on boit du punch et l'on mange des gâteaux sauf à se remettre à pleurer lorsque le rideau se relève.

Ivres d'amour, de délire et de joie : ils rentrèrent dans leur appartement.

Là finit l'entr'acte, le rideau se releva.

X.

LE PHILTRE.

> . . . . *And beholding this heir lips*
> *drew near and clung into a kiss.*
>
> . . . . Et se regardant ainsi leurs lèvres
> se raprochèrent dans un baiser.
>
> BIRON.
>
> L'âpre destin brûle le cœur de l'homme
> comme le Vésuve son cratère. Puis il y
> sème des prairies pour le brûler encore.
>
> J. P. RICHTER.

Tout désirs et tout amour Saphor étreignait Llinda. Elle amoureusement penchée
sur lui avait du délire dans la tête, du feu

dans les yeux, de l'altération dans la voix, de la volupté partout.

— Comme elle est belle ma Llinda ! lui disait Saphor : comme elle est ravissante!... un baiser... un autre... encore un autre... toujours!..

— Que tu es enfant ! murmura Llinda.

— N'est-ce pas ?... mets ta main dans ma main, ton cœur sur mon cœur, ta bouche sur ma bouche... mire tes yeux dans mes yeux... bien... vois, maintenant une seule âme nous inspire... un seul souffle de vie nous anime... tu ne sais pas quel souhait je forme dans ce moment : c'est de vivre toujours ainsi, ou bien de mourir?

— Et pourquoi mourir ?

—Tu as raison, Llinda, pourquoi mourir. Tes baisers sont pour moi, le passé, le présent, l'univers, tout... ton âme comprend mon âme... elle s'anéantit avec elle dans des tor-

rens d'ivresse... ah! c'est de l'amour cela..
n'est-ce pas ?... c'est de l'amour... du délire...
que sais-je ?... tout m'enivre, ton front, tes
yeux, ton souffle, ton silence... je tremble et
je brûle et toi aussi, chérie, tu trembles, et tu
brûles!...

— Saphor!...

— Oui, parle-moi... j'aime tes paroles ex-
pirantes entre un soupir et une étreinte...
non... ne me parle pas... tes mots consume-
raient mon cœur!... dis-moi que tu m'aimes
avec tes bras, avec tes yeux, avec les lèvres,
avec tout!...

Et obéissante, Llinda sans mots, sans voix
se tordait au cou de Saphor avec cette silen-
cieuse frénésie de volupté plus éloquente que
la parole.

— Llinda, disait Saphor, tu veux donc que
je meure ?... et dire que tout cela est à moi...
tout... tout... ah! laisse-moi contempler tes
formes d'ange !

— Saphor, mon Saphor, dénoue les nœuds de ma robe, mais ne les brise pas!

— Je t'aime, Llinda!... comme ta peau est douce : c'est du satin... Elle brûle!... Passe ton bras autour de mon cou... bien... comme cela!... ah! comme tes yeux sont beaux ainsi humides!... et ta bouche à demi-entr'ouverte!...

— J'ai chaud, Saphor!...

— Ote ce voile : tu n'en seras que plus belle!... laisse flotter tes cheveux!... enveloppe-m'en comme d'un nuage!... Ils sont d'or pur, mon ange!... mais... parle-moi donc un peu toi? tu n'as que des bras pour m'étreindre, point de voix pour me parler!...

— Je t'aime, Saphor!...

— Comme ta voix est faible et mourante!... on dirait les sons lointains d'une harpe d'or. Et ton cœur!... oh! comme il bat fort! il fait bondir ma main!... Ange... tu souffres?...

— Je t'aime!...

— Oh ! ma tête est en feu !... laisse-moi la reposer sur ton sein : rafraîchis-la de ton haleine... passe ta main dans mes cheveux... tes baisers me brûlent !... ah ! que c'est bon un baiser de femme !... je voudrais en mourir !... Llinda !...

— Saphor !...

Ils ne furent pas de longue durée ces momens si tendres, si voluptueux. A ces élans d'amour avaient succédé des élans de confusion et de rage inévitable résultat du philtre de Brunelle. Llinda était à demi-couchée, haletante et son corps mollement abandonné. Saphor marchait à grands pas les mains crispées, les lèvres convulsives, les traits contractés et le front rembruni de rides profondes.

— Saphor, dit Llinda, qu'as-tu ?

— Rien.

— Tu souffres ?

— Non.

— Ah! je sens bien que tu souffres : car vois-tu quand tu as de la peine mon cœur me le dit... tu souffres... je le sens ah! tu ne m'aimes donc pas?

Un ricanement effrayant, crispa les lèvres de Saphor.

— Ah! dit-il, elle dit que je ne l'aime pas!.. Quand elle est tout pour moi !... tu le sais bien, Llinda : je n'ai que toi dans le monde... tu es ma mère, tu es ma sœur, tu es mon ami, tu es mon âme, tu es ma vie, mon Dieu, que sais-je !... et elle dit que je ne l'aime pas!...

Et Saphor marchait, marchait tantôt rapide et tantôt lent.

Puis tout à coup passant d'un état d'oppression muette et concentrée à un état de frénésie et de rage, il disait.

— L'enfer me brûle! l'enfer m'énerve! le tourment que j'éprouve n'a point de nom...

il n'a point de pareil !... Llinda que j'aime,
Llinda qui partage mon amour, Llinda dont
le cœur, comme le mien, pantèle d'émotion voluptueuse, m'ouvre ses bras, m'y enserre comme dans un étau, et mes yeux seuls
mes mains seules peuvent se repaître de ses
formes ravissantes?... à tout le reste l'insensibilité de la mort, le froid de la tombe !... Un
gouffre !... au nom du ciel ! un gouffre de
feu... que je m'y précipite... que je m'y re-
trempe ! ce n'est pas vivre que de vivre ainsi !...
avoir toujours devant les yeux une bouche
qui appelle ma bouche, un cœur qui appelle
mon cœur, des bras qui appellent mes bras,
et à tant d'amour, à tant de désirs ne pouvoir répondre que par une bonne volonté
toujours impuissante, c'est de la frénésie,
c'est de la rage !...

— Saphor, sois calme : je t'aime toujours.

— Oui, Llinda, tu m'aimes et moi aussi je t'aime et c'est là ce qui me tue!.. Deux natures sont en moi : une tête et un cœur de vingt ans accolés à un corps vieux et usé, non pas usé par le libertinage et la débauche, au moins, mais par un infernal, je ne sais quoi qui se joue de mes passions et de mes désirs... une main de fer m'excite et m'anime ; une main de fer m'arrête et me confond!... Je suis le jouet continuel, non pas d'un rêve qui se dissipe et passe avec le sommeil, mais d'une effroyable réalité qui, à la torture de la veille, joint la torture du jour... la volupté et l'amour sortent brûlans de tout moi : je les sue par tous les pores!... je veux!... je veux...! et je ne puis pas...! mort! mort! à moi la mort..!

Dans ce moment la brise du soir porta jusqu'à eux les sons lointains de la musique et les cris de joie des danseurs; puis tout rentra dans le silence.

Ce contraste de joie au dehors et de désespoir au dedans, fit tressaillir Llinda. Elle jeta
les yeux sur Saphor et le vit pâle, haletant,
assis dans un crapaud espèce de lourd fauteuil
de l'époque, les regards fixés sur la lame nue
d'un poignard avec lequel jouait sa main.

D'un bond elle fut à côté de lui.

Accroupie à ses genoux, le regard effaré,
la parole brève, elle lui disait :

— Saphor, que veux-tu faire de ce fer ? si
la vie te pèse elle ne me pèse pas à moi : et tu
le sais bien ? ta vie c'est ma vie.

Saphor ne répondait pas : Llinda continuait :

— Ah ! voilà donc toute la force de ton amour
incapable de résister aux moindres épreuves,
à la contrariété la plus légère ! oh ! Saphor,
j'avais droit d'attendre de toi plus que cela !...
patience, mon Saphor de la patience !...

— De la patience ! dit Saphor en se levant :

c'est la vertu des brutes que la patience ! n'en ai-je pas assez long-temps fait preuve?... je conçois un malheur, tous les malheurs même qui ont un nom ! la santé s'altère, la fortune se perd : le corps se mutile , le cœur est frappé dans ses affections , la mort survient , tout cela est le résultat d'une cause connue , c'est inhérent à l'existence, c'est le complé-ment de la vie ! mais moi..! sain d'esprit et de corps, favorisé de la fortune , n'ayant à regretter ni parens ni amis ! je suis voué à une existence qui tient de la jeunesse et de la dé-crépitude! en moi je résume la vie et la mort, cette vie pleine de sève et d'amour qui, apte à déborder tout, à s'épandre partout, se brise en tout temps contre des obstacles et des im-possibilités ; cette mort dont l'âme désireuse s'élance ardente vers le ciel qui lui échappe..., la vie du malheureux , la mort du dam-né !...

— Saphor, lui dit Llinda avec un ton de reproche, je souffre aussi moi et je ne me plains pas !

— Tu souffres, Llinda ! comme mon cœur une fièvre d'amour calcine donc le tien ? comme mes sens à toute heure du jour, de la nuit, un galvanisme de volupté, convulsionne donc les tiens...? Ainsi nos tourmens sont complets! nous souffrons l'un par l'autre, toi par moi et moi par toi ! avec nos tortures individuelles, chacun de nous éprouve celles de l'autre moitié de lui-même ! l'épreuve est terrible , Llinda, y résisterons-nous! le cœur me faillit à la peine : j'en mourrai moi...!

Llinda pleurait et ne répondait pas.

Saphor continuait :

— Ah! c'est que tu ne conçois pas combien les désirs bourrèlent mon cœur , ces désirs insatiables et obstinés qui se résument tous en fièvre et en rage d'amour toujours renais-

sante jamais calmée...! tu ne le conçois pas,
Llinda...? sans cela serais-tu tranquille
comme une eau dormante quand mon sang
bouillonne comme de la lave en fusion !...

— Je te l'ai dit, Saphor, je souffre et je ne
me plains pas.

— Llinda, tu es un ange: mais moi......

Et abandonnant sa phrase inachevée, Saphor marchait à grands pas, il ne pensait pas,
il ne voyait pas, il n'entendait pas, il n'avait
la conscience ni de Llinda, ni de de lui, ni de
rien. Il marchait.

— Oh! ma tête! ma tête...! s'écria-t-il
tout à coup. Elle me brûle...! mon sang
bouillonne...! tout me fait froid et frayeur...!
mais qu'ais-je donc, grand Dieu..? qu'ais-je
donc..?

Une main pressa sa main; c'était celle de
Llinda qu'il n'avait pas vue se lever, qu'il n'a-
vait pas entendu s'approcher.

— Ah ! c'est toi, Llinda ? lui dit-il en pressant ses deux mains dans les siennes et les couvrant de baisers, dis, n'est-ce pas ! tu l'aimes ton Saphor ! mais dis-le moi donc !... j'ai tant besoin que tu me le dises ? vois-tu ? sur le cœur, là, là, j'ai quelque chose qui me fait un froid, mais un froid... oh ! tiens, c'est horrible !

Llinda l'étreignait sur son sein.

— Merci, ange, merci, je suis mieux maintenant, ma tête repose doucement sur la tienne... le calme de ton âme en donne à la mienne... c'est que vois-tu j'ai tant de bonheur à être près de toi...

— Saphor !...

— Oui, presse-moi dans tes bras ! tu es à moi, tu es mon ami ; tu es ma femme, ma femme....! malédiction ! s'écria-t-il soudain.

Et son œil étincelant et hagard cherchait à plonger dans l'obscurité qui l'entourait.

— Saphor, qu'as-tu ?

—N'as-tu pas entendu un ricanement? tiens l'entends-tu.

Et sautant sur sa dague il s'élança et disparut.

Dans ce moment la lune se leva rayonnante et rouge à l'horizon. Des gros nuages d'orage la couvrirent. Puis le vent les balaya. Puis il en revint d'autres.

Cette scène que je n'ai pu qu'indiquer et dont je n'ai osé soulever entièrement le voile, s'était renouvelée souvent depuis que leurs lèvres avaient touché au philtre infernal de la sorcière (1). Epuisé de lutter sans cesse con-

---

(1) A la suite des croisades l'effet des philtres dont les Orientaux ont de tout temps fait usage, trouva croyance en Europe. Les sorciers de cette époque n'ont pas été seuls à s'en servir. Gassendi a eu connaissance d'un opiat dans lequel entrait à petites doses le *datura stramconium*, dont usaient les sorcières de son temps. Tout le monde connaît le *haschischim* d'Orient dont soit dit en passant M. de Sacy a fait dériver le mot arabe qui signifie assassin. Son effet, dit-on, est de produire le résultat indiqué dans ce chapitre.

tre des impossibilités, ne pouvant attribuer son malheur à une cause naturelle Saphor s'en était pris à l'enfer. Telle était alors la puissance des idées superstitieuses qu'il s'était cru possédé du démon. Cette idée fermentant dans sa tête, une mélancolie sombre et ombrageuse s'était emparé de lui. Fuyant le monde, le jour, la nuit, en tout temps, il rôdait ennuyé, souffrant, malheureux comme une âme en peine. Souvent son imagination délirante lui retraçait des sens ou des images sans réalité et ce ricanement qu'il avait cru entendre dans les bras de Llinda, n'avait pas eu d'autre cause.

Un jour enfin il confia son secret à Guiraud, infâme machinateur, depuis longtemps à l'affût de ce moment pour donner un plus libre cours à sa vengeance.

Guiraud s'apitoya sur son sort et feignant de le croire possédé du démon comme il le croyait lui-même, il lui conseilla de recourir à l'exorcisme d'une sorcière. Il se chargea de lui en indiquer une qui faisait céder à son pouvoir toutes les influences infernales.

Dans la situation d'âme ou était Saphor, si quelqu'un lui eut montré un gouffre de feu et lui eut dit : « le remède à tes maux est au fond, » il s'y serait précipité. Aussi agréa-t-il sur l'heure le conseil de Guiraud.

Ils remirent au lendemain leur entrevue avec la sorcière.

FIN DE LA PREMIÈRE PARTIE.

XI.

L'ÉXORCISME.

> *The wey ward sisters haud in haud*
> *Posters of the sea and laud*
> *Theis dogo about, about*
> *Thrice totrineand thrice to mim*
> *And thric again to makenp nine*
> *Peuu!... the charm's woudun.*

Les trois sœurs se prennent par la main et tournent en rond, trois fois pour toi, trois fois pour moi, trois fois encore pour faire neuf ! silence !.... le charme est fini.

SHAKSPEARE.

Guiraud n'était pas homme à se borner à ces mesquines et humiliantes tracasseries d'intérieur dont on a pu voir les déplorables ré-

sultats dans le chapitre précédent. Son plan
de vengeance , de haine ou d'amour comme
on voudra, était plus vaste. Conçu avec un
luxe inoui de scélératesse et d'habilité, il
était conduit de manière à enserrer Saphor et
Llinda dans les trames ténébreuses du plus
impudent machiavélisme , le philtre de Brunelle n'était que le jalon du point de départ,
le premier anneau d'une chaîne de souffrance
dont l'angoisse tenait un des bouts, et la mort
l'autre.

A son insu et comme complément du malheur de ses victimes , le hasard le seconda
puissamment dans ses méphistophéliques machinations; il lui donna pour aide Dominique,
cet instigateur de tant d'autres exécrables
trames.

Et voici comment.

Au milieu de ces fanatiques projets de conversion ou de subversion , cet énergumène,

Dominique, n'avait jamais pu transiger avec un de ses sentimens haineux; ont eût dit un de ces génies malfaisans que des traditions fabuleuses nous représentent comme condamnés par la colère divine à faire toujours le mal.

Vaguant dans la Provence pour stimuler le zèle de quelques seigneurs peu disposés à fournir leur contingent pour une croisade contre Raymond, comte de Toulouse, il découvrit la retraite d. Saphor et de Llinda. Semblable à ces oiseaux de rapine qui, sans cesser de poursuivre une proie, happent au passage celle qui se présente, il se rendit à Montpellier pour prêcher la croisade et assouvir ce fanatisme farouche dont le nom de Llinda avait froissé les plus irritables prédilections. Plus heureuse sur un point que sur l'autre, il ne pût arracher ni consentement ni promesses aux seigneurs de la cour de Guillaume VII. Ces prédications furibondes furent sans résultat;

mais en revanche et comme compensation ,
il perdit Llinda dans l'esprit du haut et du
bas clergé. Entraîné dans l'abîme avec elle ,
Saphor risquait de s'y engloutir peut-être ;
mais que lui importait à Dominique , il était
homme et moine avant d'être père.

Feignant de prendre à cœur la cause de la
religion, il ne laissa échapper aucune occasion de déplorer le malheur de Saphor victime de la séduction de Llinda, fille du bon-
homme Durand. Il versa hypocritement des
larmes sur le sort de ce fils qui, par son alliance avec une réprouvée, avait perdu son
âme; il présenta l'abjuration de Llinda comme
un acte sans conviction et , avec cette feinte
pitié dont un cœur lâche et cruel peut faire
un si mauvais usage, il souffla l'intolérance et
la persécution dans l'âme de ses auditeurs.
A cette époque de dévotion farouche , il lui
fut si facile d'atteindre son but , qu'avant

même que Saphor eût appris son arrivée , le sort de Llinda était entre ses mains : un mot de lui et elle n'était plus.

Guiraud de son côté ne soupçonnait pas l'auxiliaire qui lui avait envoyé le ciel ou l'enfer, et voulant à tout prix séparer Saphor de Llinda, avait mis tout en œuvre pour y parvenir.

Dans de fréquentes visites au couvent des moines de Citeaux, où il se rendait régulièrement sous le costume de l'ordre, il avait présenté Saphor comme un homme dangereux , sans religion, allié à la fille d'un hérétique et prêt à combattre l'église avec l'immense fortune fruit de sa monstrueuse alliance. Appuyant ses allégations de mille faits vrais ou faux, il avait semé contre lui une défiance frisant la haine et prête à éclater.

Ces quelques mots suffisent pour résumer la situation critique de Saphor et de Llinda ;

d'une part, Dominique par fanatisme et par
haine pour Llinda, voulait la perdre ; de
l'autre, Guiraud par amour pour elle, voulait se débarrasser de Saphor. Pour parvenir
plus aisément à leur but, ces deux scélérats,
s'abritaient sous des élans de religion et d'a-
mour de Dieu, hypocrites démonstrations,
s'échappant impures de leurs poitrines caver-
neuses où le fiel et le cœur étaient réunis et
où s'agitaient la luxure, le fanatisme et la
haine.

Suivons ces deux hommes et nous les verrons acharnés sur Saphor et sur Llinda, sacrifier à leurs passions, toutes les nobles facultés de l'homme comme les habitans de Su-
rinam qui nourrissent leur pourceaux avec
des ananas.

Maintenant laissons parler les évènemens.

Il était neuf heures du soir. La cloche de
l'église de Notre-Dame de Montpellier avait

sonné le couvre-feu. Le silence et l'obscurité régnaient dans les rues silencieuses et dé-
sertes. Une seule la rue Chaude-des-Etuves
habitée par toutes les ribaudes de la ville paraissait illuminée, tant des flots de lumière
jaillissaient au dehors par les croisées des éta-
ges supérieurs. Deux hommes la traversaient
sans mot dire. Leur marche était précipitée.
Leur costume n'était pas celui des ribauds et
des maynades qui fréquentaient cette rue à
cette heure. Insensibles aux agaceries ou aux
brocards qui les accueillaient sur leur passage,
ils arrivèrent à l'extrémité et s'arrêtèrent devant la porte basse d'une maison d'assez mince
apparence. Un d'eux frappa : la porte s'ouvrit.
Celui qui avait frappé poussa son compagnon
dans l'allée et continua sa route : l'autre entra.
Le premier c'était Guiraud : le second Saphor,
la maison celle de la sorcière que Guiraud
avait conseillé à Saphor de consulter.

Saphor dans une obscurité complète, ne savait de quel côté diriger ses pas lorsqu'il vit poindre à l'extrémité de l'allée une faible clarté. Il s'y dirigea.

A mesure qu'il avançait, il entendait distinctement une voix de vieille femme qui disait en grommelant :

— Ne pourrai-je donc passer une nuit tranquille! on dirait que mon sommeil appartient à tout le monde? Que me voulez-vous? dit-elle à Saphor de sa voix cassée.

— Tu es sorcière et tu l'ignores! lui dit Saphor en allant à elle.

Pour toute réponse la sorcière hochant la tête d'un air de mépris, poussa un éclat de rire sardonique, puis descendant, une lanterne à la main, les marches inégales d'un escalier raboteux, elle fit signe à Saphor de la suivre.

Le lieu dans lequel ils pénétrèrent n'avait rien de rassurant. Mille ingrédiens à la forme bizarre et fantastique étaient appendus à la muraille ou gisait çà et là sur le sol. Tout autour d'un cercueil ouvert à moitié enfoui dans la terre fraîchement remuée, treize balais étaient fichés debout en guise de cierges. Dans un coin obscur un chat noir roulait des yeux qui brillaient comme des lucioles. Dans deux crânes de mort fixés au mur flambaient des bougies allumées. Par les orbites creux de leurs yeux, les cavités du nez et la bouche conservant encore ses incisives et ses canines, s'échappait une clarté lugubre, lumière infernale qui complétait ce tout effrayant.

La sorcière posant à terre sa lanterne, s'assit devant un rouet sans faire attention à Saphor et filant de la laine noire, elle dit en chantant sur un air bizarre :

Si le fil cassait
Saphor en mourrait,
S'il ne cassait pas
Ce serait Llinda :

Ainsi veut Satan,
Ce roi si puissant.
Tourne, tourne, tourne rouet
r,r,r,r cassé ! Saphor, le cercueil est là prêt.

Elle cessa de chanter, se leva debout et, d'une main montrant à Saphor le fil cassé et de l'autre le cercueil ouvert, elle lui dit :

— C'est à toi de mourir !

Moins étonné de ces paroles que du son de la voix de la sorcière qu'il croyait reconnaître, Saphor la regarda stupéfait, sans se douter qu'il était devant Brunelle, cette âme damnée de Guiraud, jouant encore un rôle dans cette infamie.

— Sais-tu ce qui m'amène, lui dit enfin Saphor.

— Si je l'ignorais te parlerai-je ainsi ? l'enfer n'a poin de secrets pour moi et les tiens lui appartiennent, car ils viennent de l'enfer ! Tu ne veux pas savoir si le destin te réserve de longs jours, si la femme que tu aimes ré—

pond ou répondra à ton amour, si bientôt tu hériteras d'un riche parent trop lent à mourir misères qui, plus que tout sont le cercle dans lequel tourne l'esprit humain. Ce qui t'occupe toi, ce n'est pas l'avenir : c'est le présent : il est horrible, je le sais. A tes désirs charnels toujours renaissans , l'enfer oppose des impossibilités toujours renaissantes. A chaque heure te ruant sur un objet aimé tu restes froid dans les bras qui t'étreignent; le feu te consume et la glace te confond : la vie te déborde et la mort te paralyse. Tu veux savoir si ce tourment peut avoir un terme.

— Et ce qu'il faut faire surtout pour y arriver? dit Saphor maîtrisé par cette voix lui jetant à la tête un secret qu'il croyait si caché.

— Je te l'ai dit : il faut mourir : dit la sorcière sans s'émouvoir.

— Mourir ! dit Saphor avec un sourire moqueur : je connaissais ce remède sans toi et je ne suis pas sorcier.

Brunelle redressant sa tête se grandit d'un pied.

—Mais ce que tu ne savais pas, c'est qu'il te faut mourir pour renaître, dit-elle.

— Je ne te comprends plus,

— Je le crois: c'est au-dessus de ton intelligence. As-tu confiance en moi ?

— Sans cela serai-je venu !

— C'est bien! Etends-toi dans ce cercueil et quoique tu entendes, garde-toi de bouger et de parler.

— A quoi bon ?

—Ne te l'ai-je pas dit? Il te faut mourir pour renaître, dans ce cercueil se retrempera ta vie : car pour redevenir toi, il te faut dépouiller le vieil homme. Tu appartiens aux démons : ils ne lâchent pas facilement leur proie. Une nouvelle vie peut seule t'arracher à leur pouvoir ; recommande ton âme à Dieu et couche-toi là ; ton sommeil ne sera pas long.

Comptant peu sur la garantie de la vieille, Saphor hésitait.

— Tu hésites! dit la sorcière : allons du courage ; regarde à ce clepsydre, quand la dernière goutte d'eau sera tombée tu te réveilleras.

Saphor jeta les yeux sur le clepsydre et fit un pas en arrière.

— L'eau ne coule pas ! dit-il en portant la main à sa dague: qu'est-ce à dire.

— En effet, dit froidement la sorcière, je l'avais oublié. La foudre en tombant, l'a tout récemment percé de part en part. Il ne contient plus d'eau.

— Tu te joues de moi ! dit Saphor d'un air menaçant.

— Comme tu voudras : eh bien ! retourne
à ton château avec ton œil atone , tes joues
pâles comme un linceul et les traits étirés.
Cours te jeter dans les bras de Llinda, semblable, comme par le passé, aux grands
fleuves chauds sur les bords et froids au milieu. Va retrouver cette femme adorée et,
comme les élus de Mahomet, au lieu des bras
de l'amour que tu as perdu et que mon art
pourrait te rendre, contente-toi encore des
ailes de l'imagination. Va, puisque tu te plais
dans ton impuissance, restez-y.

Ces paroles replongèrent Saphor dans tout
le gouffre de son malheur.

— Eh bien ! que faut-il faire ? je me confie
à toi : dit-il avec désespoir.

— Couche-toi dans ce cercueil et aban-
donne-toi à moi.

— Il le faut absolument.

— Oui.

Saphor s'y coucha.

La sorcière fit un signe et bondissant trois fois autour du cercueil, le chat noir s'y étendit côte à côte avec Saphor.

Quelques esprits forts de notre siècle trouveront peut-être un peu outrée la crédulité de Saphor, guerrier de renom, homme du monde, et, par caractère et par position au-dessus des idées superstieuses. Mais, à cette époque, on n'avait pas encore détruit toutes les fois et toutes les croyances : on croyait aux sorciers, aux démons, à tout. Ce qui ne s'expliquait pas naturellement était attribué à des puissances surnaturelles et nul n'osait en soulever le voile : bien différens en cela des hommes de nos jours qui ne croient à rien et expliquent tout, même ce qui est inexplicable.

Couché dans ce cercueil dont le couvercle s'était refermé de lui-même, Saphor se re-

pentit d'avoir si facilement cédé aux ordres
de la sorcière. Il voulut se lever : mais il n'é-
tait plus temps : le couvercle était fixé par
des crochets. Il poussa des cris : personne
n'y répondit. Seulement à ses accens étouffés
se mêla le bruit de pelletées de terres qui tombèrent d'abord bruyantes et puis sourdes sur
son cercueil.

Il se crut enterré vivant.

Le poids du malheur n'est pas toujours exclusif. Au milieu de ces rigoureuses atteintes,
l'homme conserve parfois la consolation de
pouvoir jeter un dernier regard sur ces momens si heureux qu'on se retourne pour revoir de loin, même quand ils sont passés.
D'autres fois, le désespoir et la rage absorbent
toutes les facultés de l'homme.

Saphor fut dans ce dernier cas.

A chaque pelletée de terre qui tomba sur sa
tête, il bondit dans son cercueil. Un son ef-

frayant et rauque s'échappa de sa poitrine oppressée. Ses yeux hors de leur orbite fixèrent
hagards deux yeux mobiles comme le reflet
d'une étoile dans la mer : ses cheveux se
hérissèrent et ses membres se replièrent
comme les anneaux d'un serpent blessé à la
tête.

Son tourment ne se borna pas là.

De son cœur déborda toute cette rage,
fruit de tant de jours de souffrance, de tant
de nuits d'angoisse. Elle inonda sa tête, ses
sens. Il crut voir à ses côtés un monstre hideux à la figure de vierge. Le monstre lui
souriait : lui, lui rendait son sourire. Tout à
coup le monstre se dressant, lui déchira le
corps avec ses ongles, le mit en lambeaux, lui
lécha le cœur et se vautrant mollement dans
le sang qui en découlait, il lui sourit encore
avec sa figure de vierge.

Il y avait du vrai dans cet horrible cauchemar. Ces yeux de feu dont il avait peine à suivre l'effrayante mobilité : ces coups de griffes qui sillonnaient ses chairs : ce corps lourd qui semblait se complaire à bondir sur sa poitrine, tout cela était réel. C'était le chat noir qui heurté violemment, se débattait dans l'étroit espace ou l'avait enfermé la sorcière. L'imagination exaltée de Saphor avait fait le reste.

Oh ! comme il souffrait le malheureux !

Tout à coup il entendit au-dessus de sa tête, un grand bruit de pas, de voix et de cris, les uns d'angoisse les autres de rire.

C'étaient dix sergens de ville en hoqueton et armés de hallebardes, qui venaient arrêter la sorcière par ordre du procureur du roi en cour d'église.

Après l'avoir garrottée, ils la couchèrent par terre, lui firent sur la poitrine une croix pour empêcher les démons de l'arracher de leurs

mains et se livrèrent à des recherches minutieuses fouillant partout et déblayant la
fosse.

— Vive Dieu, dit l'un d'entre eux à Brunelle, tu seras rôtie comme un quartier de
cerf. Mais à tout seigneur, tout honneur,
on te brûlera pour la saint Jean. Les moines
de Citeaux ont promis un cent de fagots.

Il allait continuer lorsqu'un effroyable tumulte coupa court à ses sarcasmes.

C'était Saphor aux prises avec les sergens
de ville. Dès qu'ils eurent déblayé et découvert le cercueil, il s'était élancé au milieu
d'eux sans s'enquérir s'il avait affaire à des
amis ou à des ennemis et avec le désespoir et
la rage d'un sanglier acculé par les chiens.

A la vue de cet homme surgissant du tombeau les yeux flamboyans, le poignard à la
main et, dès son apparition étendant mort à
ses pieds, deux des dix hommes qu'il attaquait

avec un si frénétique courage, tous, entraînés
par une terreur électrique se ruèrent les uns
sur les autres fuyant troublés et ne songeant
pas même à se défendre. Pas un d'entre eux
ne fût sorti de là vivant si Saphor épuisé par
cette lutte et plus encore par la prostration de
ses facultés dans le cercueil, ne fût tombé
au milieu d'eux évanoui et à demi-mort.

XII.

L'EXCOMMUNICATION.

> L'argument le plus péremptoire es
> le rapprochement d'une cervelle et d'une
> balle de plomb.
>
> JACK LE DÉTERMINÉ.

Maintenant revenons un peu sur nos pas. Le pape Innocent III, avait tout récemment fulminé contre les sorciers et ceux qui les consultaient une bulle dont la monstrueuse pénalité promettait une ample curée de bûchers à la justice ecclésiastique. Renchérissant sur la stupide et horrible sévérité du Saint-Père, les prélats et les clers veillaient si rigoureusement à son exécution que nul ne pouvait se croire à l'abri de leurs investigations soupçonneuses.

Cette circonstance indifférente au premier aspect, n'avait pas échappé à Guiraud ; d'un coup-d'œil il en avait embrassé toutes les conséquences, se promettant bien de ne reculer devant aucune. Pour assouvir son indomptable passion, il lui fallait Llinda ; Saphor était à ses yeux l'écueil contre lequel devaient se briser toutes ses tentatives, la perte de l'un pouvait amener la possession de l'autre, elle avait été résolue. De là le philtre, le conseil donné à Saphor et tout est attirail de sorcellerie qui, d'un coup, pouvait le délivrer du plus grand obstacle à son amour et du seul

témoin de sa scélératesse. Aussi peu soucieux
de sacrifier Brunelle à ses projets, il avait été
la dénoncer comme sorcière ; dès qu'après
avoir conduit Saphor chez elle, il avait pré-
sumé que l'arrestation de l'une entraînerait
celle de l'autre.

Il ne s'était pas trompé, Saphor et Brunelle
surpris en flagrant délit de sorcellerie ,
avaient été arrêtés par les sergens de ville.

Cependant ayant recours aux mêmes individus pour perdre l'un Saphor et l'autre
Llinda, Dominique et Guiraud n'avaient pas
ignoré long-temps leurs menées; ils s'étaient
devinés. Dès ce moment la perte des deux
époux était devenue inévitable ; aux passions
fanatiques ou brutales qui animaient leurs
persécuteurs contr'eux , s'était joint cette animosité qu'ils s'étaient vouée l'un à l'autre ;
devant son impérieuse exigence, toute con-
sidération avait disparu ; Saphor et Llinda.

n'avaient plus été pour eux des objets de haine
mais des moyens de vengeance. Dominique
n'avait pas employé son crédit à sauver
Saphor, mais à perdre Llinda, certain par
ce moyen de se venger de Guiraud dont il
connaissait l'amour; Guiraud sans chercher à
conjurer l'orage planant sur la tête de Llinda,
avait usé de toute son influence pour engloutir
Saphor persuadé que la flétrissure du fils re-
jaillirait sur le père.

Et quelques jours après, leur haine avait eu
de bien terribles résultats, toute une population s'y était assossiée. Mue par ce variable
entraînement qui caractérise le peuple de tous
les pays, elle criait anathème et exécration
contre ceux-là mêmes pour qui naguère encore, elle épuisait toutes les formules d'estime
et de louange!

Voici comment tout cela s'était passé.

A l'instigation de Dominique et sur un rap-

port du procureur du roi en cour d'église,
l'évêque avait fulminé une bulle d'excommu‑
nication contre Llinda. Dominique avait eu
peu de peine à l'obtenir. L'arrestation de Sa‑
phor, le li euoù on l'avait trouvé, rendant ce
dernier passible de la justice ecclésiastique,
l'évêque avait vu dans l'excommunication des
deux époux un motif pour confisquer leurs
biens, raison puissante devant laquelle ne re‑
culait jamais un prélat du treizième siècle.
L'église alors faisait argent de tout ; avare et
cupide, le clergé pressurait et rançonnait,
saisissant toutes les occasions de dépouiller
les laïques et les faisant naître quand elles ne
se présentaient pas ; sa devise était « avoir de
l'argent pour dominer et dominer pour avoir
de l'argent. »

Ainsi le fanatisme avait prémédité la perte
de Llinda, l'amour et la haine, celle de Sa‑
phor, la cupidité consomma l'une et l'autre.

Et le lendemain dans la nuit , Llinda juste—
ment inquiète de l'absence de Saphor dont
elle ignorait la cause, tristement appuyée sur
le balcon de sa chambre , et les yeux fixés
sur la route , écoutait dans la plus grande
anxiété, des pas et des voix d'hommes qui
résonnaient au loin ; la brise du soir ne ra-
fraîchissait pas son haleine brûlante : la lune
tantôt lumineuse, tantôt voilée par des nuages
qui passaient, que balayait le vent et que
remplaçaient d'autres, ne l'enveloppait pas de
sa mystérieuse et mélancolique influence.

Sous la tyrannique obsession d'une pensée
unique , cette si belle nuit n'avait point de
charmes pour elle ; ces pas lointains, ces voix
bruyantes l'absorbaient en entier ; était-ce
Saphor ? n'était-ce pas lui, se demandait-elle
inquiète : si c'était lui , reviendrait-il avec si
nombreuse escorte ? et si ce n'était pas lui ,
pourquoi ne pas revenir ? où peut-il être ?

alors elle regardait sans voir, elle écoutait sans entendre, ses yeux se vitraient : ses oreilles tintaient, son sang affluait brûlant à sa tête égarée : elle se cramponnait à son balcon, en proie à ce muet délire qui paralyse les facultés en les laissant viables.

Une effrayante réalité la remit dans son état normal.

Elle vit s'avancer bruyans et sans ordre des flots d'hommes et de femmes dont la lune alors, à l'horizon, projetait au loin l'ombre colossale. Trop éloignée pour lire sur la physionomie le caractère de cette masse, s'agitant, se mêlant comme une fourmilière en émoi, soit pressentiment, soit terreur, elle en augura quelque chose de sinistre.

Tout à coup un peu d'ordre succéda à ce désordre et un chant de mort psalmodié, d'un ton monotone et lent, remplaça ces cris sauvages qu'on aurait pris pour des rugissemens de bête fauve.

Llinda crut rêver ; mais, rangés processionnellement et sur deux lignes, tous ces hommes
et toutes ces femmes arrivèrent jusqu'aux
pieds des murs du château, et là, pendant
que quelques-uns déposaient une bière devant la porte principale, une des lignes prit
à droite et l'autre à gauche, entourant le
château comme d'un suaire ; puis, des pierres lancées avec rage contre les croisées
et les murs, révélèrent à Llinda son horrible
situation ; elle était excommuniée. Cette bière
déposée devant sa porte comme un emblème
de mort : ces pierres lancées contre sa
demeure comme un signal de persécution
dissipèrent ses doutes. C'était l'usage dans le
diocèse de Maguelonne : monstrueuse coutume, que par une charte spéciale, saint Louis
légalisa plus tard.

Il y avait quelque chose de froidement
atroce dans ce raffinement de cruauté. Ce

n'était pas assez de frapper un excommunié dans sa personne, dans ses biens, dans son avenir, il fallait encore l'écraser sous le poids des tortures morales, en lui mettant devant ses yeux les signes si lugubres d'une mort anticipée et en faisant retentir à ses oreilles les si effrayantes exécrations de la furie populaire ! c'est ainsi que l'on entendait la charité chrétienne au treizième siècle !

A la vue de ces hommes furieux, instrumens d'un châtiment dont elle ne soupçonnait ni le motif, ni la cause, Llinda pleurant moins sur elle que sur Saphor dont le sort était un mystère pour elle, fit quelques pas au hasard dans sa chambre et heurta le berceau de son fils. Jetant un regard sur cet être si faible, si jeune encore, et, à son insu, partageant en tiers les malheurs de son père et de sa mère, une de ses larmes tomba brûlante sur les joues de l'enfant.

L'un et l'autre frissonnèrent involontairement; on eût dit qu'ils pressentaient que cette
larme de mer eavait inoculé l'infortune au fils.

Penchée sur cette tête innocente , qu'un
rêve heureux berçait peut-être alors , Llinda
contemplait ces traits si purs , vivante image
de l'époux qu'elle pleurait. Saphor et son fils
absorbaient toutes ses pensées : elle s'oubliait,
la malheureuse, et cependant elle n'était pas
la moins à plaindre des trois.

La porte de sa chambre s'ouvrit avec
fracas : un homme, un flambeau à la main
entra.

C'était Guiraud dont le masque de raidit
recouvrait toujours les traits.

Sans réfléchir à l'inconvenance de cette
visite à une heure si indue, Llinda se précipita au-devant de lui et ne put proférer que
ces mots :

— Et Saphor !...

— Il est perdu ! répondit Guiraud.

Llinda resta sans voix, sans mouvement : les bras pendans, la tête penchée, clouée au sol comme un bloc d'airain.

Guiraud la fixa un moment, promenant effrontément ses regards sur ce corps inanimé dont d'un seul mot, il venait de briser les ressorts. Puis approchant d'elle un siège il l'y fit asseoir, et s'assit à côté.

Il prit une de ses mains que Llinda ne pensa pas à retirer.

— Llinda, lui dit-il, victime de la haine de Dominique, Saphor et vous n'avez plus dans le monde qu'un seul ami, c'est moi. Frappée d'excommunication vous ne pouvez plus rester dans ce pays : Dominique ne bornera pas là sa haine. Quant à Saphor voici ce qu'il vous écrit : lisez?

Et il lui présenta une lettre. Llinda la prit, la baisa mille fois, l'ouvrit : mais dès les pre-

miers mot ses yeux se voilèrent : elle ne
put en continuer la lecture :

— Lisez vous-même : dit-elle à Guiraud.

Guiraud lut ce qui suit.

« Ma Llinda, cher ange, à qui j'avais consa-
« cré ma vie entière, il n'est plus pour nous
« d'espoir ni de bonheur dans ce monde :
« pensons à l'autre ! nous sommes séparés à
« jamais. Dans ton malheur, ô Llinda, il te
« reste au moins la consolation d'embrasser
« ton fils, de l'endormir de tes caresses : mais
« à moi il ne me reste rien, rien qu'une mort
« infamante ! suis les conseils du chevalier
« faïdit notre ami : seul il s'intéresse à notre
« sort : il sera ton protecteur et celui de mon
« fils ! Quant à moi du fond de la tombe où
« m'ont précipité la haine et l'avarice je ferai
« des vœux pour toi et pour cet ange dont
« tu m'as rendu père !... j'ai été traité avec
« une cruauté lâche et infâme. Des tigres

« mitrés et à forme humaine se sont impi-
« toyablement acharnés sur moi. Mais le plus
« terrible de mes tourmens, ô ma Llinda,
« c'est de ne pouvoir haïr et maudire le plus
« implacable de mes bourreaux. Ce bourreau,
« mon ange, c'est mon père! toi aussi ne le
« maudis pas et prie pour lui! Du courage !
« de la résignation, ma Llinda, il en faut.
« Pense à ton fils : tu en es responsable de-
« vant Dieu ; seule maintenant tu veilleras
« sur lui. Car ton Saphor est mort pour le
« monde et pour toi.

 « Adieu! mille fois adieu! nous nous re-
« joindrons au ciel.

« Ton époux, »

« SAPHOR. »

« De la Geôle, ce dimanche de *reminiscere*
« de l'an de grâce 1210. »

 Après cette lecture, haletante, exaspérée,

Llinda voulut parler ; mais sa voix expira sur ses lèvres : les sanglots la suffoquaient. Seulement après une violent effort qui ébranla tout son système nerveux, elle s'écria d'un accent étouffé :

— Mais enfin que lui est-il arrivé ?

Guiraud alors cachant sous les dehors d'une pitié hypocrite, le rôle qu'il avait joué dans cette infamie, lui raconta comment Saphor surpris chez une sorcière avait été excommunié et condamné à être brûlé vif avec elle.

Il disait vrai. En effet, lorsque, épuisé de fatigue et après avoir mis six sergents de ville hors de combat, Saphor fût tombé sans forces à côté d'eux, les survivans l'avaient garrotté et transporté avec Brunelle chez le grand prévôt. Immédiatement réclamés par la justice ecclésiastique mue par Guiraud et ses amis, ils avaient été condamnés sans même avoir été entendus. L'excommunication de l'évêque avait suivi la condamnation.

Pendant le triste récit de ces détails que Guiraud sut arranger à sa guise, Llinda ne parla pas, ne pleura pas. Dans un état complet d'atonie, immobile, livide, le regard terne et fixe, on aurait dit un cadavre dont une main amie n'a pas encore fermé les yeux.

Quant à Guiraud froid devant cette douleur si cuisante, une seule pensée le préoccupait. Il craignait que Dominique ne bornât pas sa haine à l'excommunication de Llinda et que vengeant sur elle le dépit de la condamnation de son fils, il ne lui ravît sa proie à lui. Aussi cherchait-il à raviver Llinda par des paroles de consolation et d'espérance semblables à ces bourreaux de l'inquisition qui ranimaient par des spiritueux leurs victimes défaillantes. Il la pressait de fuir pour échapper à Dominique. Il lui montrait son fils orphelin à un âge aussi tendre et périssant victime du désespoir de sa mère. Il parlait avec la véhémente éloquence de l'amitié, avec la conviction de la franchise et de la crainte.

Tout à coup une lueur de vie brilla dans les yeux de Llinda, un sourire amer effleura ses lèvres. Guiraud crut l'avoir décid ée à fuir. Mais elle, se levant furibonde de son siège marchait à grands pas promenant ses regards partout sans les arrêter nulle part.

— Puisqu'ils sont si altérés de son sang, disait-elle, qu'ils prennent le mien ! Quand il n'y en aura plus dans ses veines les miennes ne se tariront-elles pas ? Qu'ils le boivent toutes ces bêtes féroces au nom de cette religion qu'ils m'ont fait embrasser... Puis ces prêtres de sang me diront hypocritement que ce qu'ils lient sur la terre, Dieu seul le déliera dans le ciel...! Les fourbes...! ne m'avaient-ils pas unie à Saphor..? N'était-il pas mon époux?

Dieu n'avait-il pas reçu nos sermens...? Eh
bien ! alors, était-ce aux prêtres à briser un
lien cimenté au nom de Dieu, à la face de
Dieu..? Je me jetterai dans le bûcher avec
Saphor...! Les mêmes flammes nous consu-
meront! Ils seront satisfaits alors ces brûleurs...! Je le veux...! Qui m'en empêchera?
N'ai-je pas sur mon corps plus de droits
qu'eux sur celui de Saphor...? Je veux-être
brûlée avec lui...! je le veux...!

— Et votre fils, Llinda ! lui dit Guiraud.

Ces trois mots jetés inopinément à la tête
de Llinda produisirent sur elle l'effet de la
foudre, éclatant au milieu d'une orgie. Elle
resta interdite et confuse...

— Mon fils! dit-elle; c'est vrai! Dieu me
l'a donné, je lui en dois compte...! Je ne me
jetterai pas dans le bûcher...! je resterai ici
pour le garder cet enfant qu'ils viendront
chercher peut-être par haine pour le père...!

je le défendrai envers et contre tous..! Ils n'arriveront à lui qu'en me hachant en morceaux..! Et je serai heureuse : car pendant qu'ils se disputeront les lambeaux de mon corps , mon âme ira rejoindre au ciel celle de Saphor : oui je serai heureuse!

—Et votre fils , Llinda! répéta Guiraud.

— Mon fils! encore mon fils! mais que faut-il faire? au nom de Dieu! que faut-il faire ?

— Il faut fuir !

— Fuir? Et , où? Comment?

— J'ai paré à tout. Un guide sur vous conduira au château de Saint-Michel , près d'Agde ; le sire de Bastide en est châtelain et le meilleur de mes amis. Là vous serez à l'abri des persécutions de Dominique.

Guiraud appuya fortement sur ces derniers mots, trompant Llinda comme il avait trompé Saphor et rejetant tout sur Dominique.

Indécise et timorée, Llinda n'osait risquer une démarche aussi hardie. Peu après, cependant, vaincue par les raisons et les démonstrations amicales de Guiraud, elle se décida. Mais quand il fallut réveiller son fils pour cette emigration forcée, plus que jamais elle hésita.

Son regard de mère s'arrêta larmoyant et pensif sur son enfant que berçait peut-être alors un songe heureux.

— Ce cher enfant, dit-elle, il dort! Hier son sort était encore incertain, aujourd'hui il est décidé. Il s'est endormi heureux, il se réveillera errant, fugitif, mendiant chez des étrangers un peu de paille et un abri, lui qui a été élevé dans l'abondance et dans la joie! Son réveil sera trop pénible! Oh! ce ne sera pas moi qui le hâterai! Il y aurait de la cruauté à le faire, et puis-je être cruelle pour mon enfant, moi qui suis sa mère! Qu'une

main ennemie interrompe son sommeil et l'i-
nitie quelques instans plutôt au mal et à l'infortune. Moi je ne puis m'y résoudre : j'atten-
drai qu'il se réveille !

— Sera-t-il temps de vous sauver alors :
j'en doute.

Guiraud avait prononcé ces paroles en se
retournant brusquement vers la porte de l'appartement, près de laquelle il avait entendu
un bruit de pas. Il ne s'était pas trompé : un
homme entra et lui dit quelques mots à l'o-
reille.

Llinda regarda stupéfaite cette figure in-
connue.

— Qu'est-ce à dire : dit-elle à Guiraud. Ne
suis-je déjà plus maîtresse chez moi ? Chacun
peut donc entrer librement ici ?

— Sous le poids d'une excommunication
récente, vous ne pouvez guère compter sur
l'attachement et la fidélité de vos serviteurs.

Nul d'entr'eux n'aurait voulu vous obéir, fournir même à vos besoins : cet homme au contraire est tout à vos ordres. Il venait du reste
me prévenir que la route de Maguelonne se
couvre d'hommes et de femmes ameutées pour
venir jeter la dernière pierre à l'excommuniée. Et qui sait si les richesses de votre château ne les tenteront pas ! La mort suit souvent
le pillage.

— Eh bien ! qu'ils me tuent ! dit Llinda, au
désespoir.

— Et votre fils, malheureuse, répéta pour
la troisième fois Guiraud, connaissant toute
l'influence de ce souvenir sur elle.

Il y avait quelque chose de profondément
scélérat dans la feinte pitié de cet homme,
rattachant par ces mots magiques, cette infortunée à la vie, quand, mieux que personne
il savait que pour elle, la mort serait le plus
grand des bienfaits.

Cette fois, il ne prononça pas ces mots en-vain. Subjuguée par cette voix implacable qui mettait son fils comme une barrière entre sa vie et sa mort : pressée par le danger toujours croissant que révélaient les cris furibonds de cette populace effrénée, elle réveilla son fils, l'habilla et se laissa conduire par Guiraud.

Le moine frémit de joie, comme un tigre affamé qui trouve la trace d'une proie. Il confia Llinda à un de ses agens et reprit la route de Montpellier, se promettant bien d'aller la rejoindre dès que les flammes auraient dévoré ce qu'il croyait-être le principal obstacle à son amour, Saphor.

XIII.

L'AMENDE HONORABLE.

Hic niger est : hunc tu, Romane caveto.
Ce sont des hommes noirs, prenez-garde à vous.

HORACE.

Pendant que Llinda fuyait, croyant entendre retentir à ses oreilles les vociférations
d'une populace acharnée contr'elle, et les cris

d'angoisse de Saphor, jeté vivant au bûcher, Dominique avait mis à profit l'absence de Guiraud.

N'ayant rien compris à la condamnation de son fils, et jaloux en quelque sorte de cette main de fer qui le frappait à son insu, il s'était rendu dans sa prison. Après s'être fait raconter en détail les précédens de cette déplorable catastrophe, il lui avait fait part de sa rencontre avec Guiraud chez le procureur du roi, en cour d'église. Cette circonstance avait été un trait de lumière, et l'un et l'autre s'étaient convaincus que le chevalier faïdit et lui étaient un seul et même individu, unique fauteur de cet horrible drame. Pour s'en assurer, Dominique avait interrogé Brunelle, et la sorcière, outrée d'avoir été sacrifiée par Guiraud, lui avait tout révélé. Alors il avait mis tout en jeu, influence et crédit, intrigues et prières, pour annuler la condamnation de

son fils dont la honte rejaillissait sur lui : mais
il n'avait pu obtenir que la commutation de la
peine du bûcher en une amende honorable,
entraînant la prison perpétuelle et la confis-
cation. L'immense fortune de Saphor, que
s'appropriait l'église par cet inique jugement,
avait été un obstacle invincible à son complet
acquittement.

Les démarches de Dominique avaient eu
aussi un autre résultat. Ayant fait enregistrer
les aveux et les déclarations de son fils et de
Brunelle, il s'était porté accusateur contre
Guiraud, et avait obtenu du grand prévôt et
de l'abbé de Citeaux l'ordre de son arrestation.

Un seul jour avait suffi à Guiraud pour perdre Saphor et s'assurer en quelque sorte la
possession de Llinda : un seul jour avait suffi
à Dominique pour arracher Saphor à la mort
et perdre Guiraud.

Comme on le voit, la haine de ces deux hommes était active. Sous ce rapport, ils ne se devaient rien.

Cependant Guiraud, dès son retour à Montpellier, prévenu des menées de Dominique et du succès de ses démarches, un peu inquiet sur l'issue de cette affaire, en était reparti à la hâte, courant sur les traces de Llinda, et consolé en partie de l'échec qu'éprouvait sa haine par l'espoir de voir bientôt son amour satisfait.

Quant à Saphor, loin de considérer comme un bienfait la commutation de sa peine; il aurait volontiers échangé le supplice auquel l'avait soustrait Dominique contre celui bien plus cruel de savoir Llinda au pouvoir de Guiraud.

Comme tous les malheureux, ingénieux à se tourmenter, il ne se rendait pas compte de la fuite de Llinda. Il l'avait cependant, en quelque sorte ; conseillée lui-même, en lui recommandant dans sa lettre de se confier au chevalier faïdit. Mais depuis qu'il savait que ce faïdit c'était Guiraud, sa tête ne rêvait que trahison et crimes. Tantôt il voyait Guiraud vengeant sur Llinda et sur son fils son amour méprisé ; d'autres fois, il soupçonnait la vertu de Llinda et croyait la voir cédant à cet amour et agissant de concert avec Guiraud ; alors il aurait préféré mille morts horribles à cette désespérante pensée. Puis son imagination lui présenta Llinda dans toute sa grâce et sa beauté. Il sentit le vent de sa voix ; il en entendit le son frais, souple et d'un timbre argenté. Une puissance magique lui montra sa bouche expressive, ses yeux d'amour, les lignes harmonieuses de ses traits de tout son corps, le prestigieux effet de ses sourcils et de ses cils surtout terminés pas de larges et voluptueuses paupières. Alors il éprouva cette espèce de frénésie, ce désir qui a quelque chose d'infernal et que l'on éprouve une fois dans la vie près de la première femme qu'on aime. Il laissa échapper des cris involontaires comme dans les délires si rares des passion ; ensuite abattu, faible comme un homme dont la vie s'est écoulée, il sentit un vide, un anéantissement semblables aux désespérantes atonies d'un convalescent.

Après cette première fièvre d'amour qui tenait autant au plaisir qu'à la douleur, il tomba dans un de ces paroxismes de la souffrance qui révèlent des principes inattendus dans notre existence. Secouant sa chaîne dont les anneaux rivés l'un à l'autre semblaient être l'emblème des jours de malheur qui l'attendaient, il se tordit les membres et déchira ses chairs meurtries. L'enfer n'eut pas du supplice pareil au sien.

Il était dans le plus fort accès de cette rage

frénétique, lorsque quatre tortureurs entrèrent dans sa prison, le déshabillèrent, lui laissant pour tout vêtement un simple caleçon et
le conduisirent jusque dans la rue où l'attendaient rangés processionnellement des prêtres,
le prevôt, le bailli, et ses assesseurs, plusieurs
confréries, et, pressée, mêlée et toujours avide
de pareils spectacles, une foule immense.

Saphor n'avait fait aucune objection, n'avait
opposé aucune résistance. Absorbé par les soupçons désolans de l'infidélité imaginaire de
Llinda, il était le seul, parmi toute cette foule
qui parût étranger à ce qui se passait. Cependant il était le principal acteur de ce drame
religieux. Mais quand il vit toute cette masse
s'ébranler, il ne put envisager sans frémir son
infamante position : il baissa la tête de honte
et de pudeur et une grosse larme de rage s'é-
chappant de ses yeux, sillonna ses joues pâles
et livides.

La procession se mit en marche.

En tête, des moines de l'ordre des frères mineurs fondés par saint François d'Assise, qui n'obtint l'autorisation d'Innocent III qu'à la suite d'un songe où ce pape vit une palme croître entre ses pieds et devenir un grand arbre, étalaient leurs robes sales et leur barbe de bouc.

Après eux marchaient les frères de la Trinité, fondés par Jean de Maltha, habillés de blanc avec un symbole rouge sur leur chappe, religieux philanthropes réservant la troisième partie de leurs biens pour la rédemption des captifs et ne voyageant jamais que sur des ânes.

Ces *frères aux ânes*, comme on les appelait, étaient suivis des frères de la Merci au scapulaire blanc sur lequel étaient empreintes les armes d'Arragon avec une croix en chef. Puis venaient quelques hospitaliers du

Saint-Esprit, fondés par Gui de Montpellier :
des frères Barrés réunis en communauté par
Albert patriarche de Jérusalem et couvert
d'un manteau rayé comme la peau d'un zè-
bre : des chevaliers de Calatrava soldats religieux à l'épée au côté, à la tête rasée et portant
nuit et jour pour tout vêtement un simple caleçon : des moines de Citeaux à la robe blanche, ceux de l'ordre de saint Benoît à la robe
noire : des chanoines réguliers de la règle
de saint Augustin et enfin les disciples de
Dominique à la robe blanche et noire. Saphor presque nu, accompagné de quatre frères prêcheurs tenant chacun à la main un pa-
quet de verges suivait ce ban et cet arrière-
ban des hordes cléricales et monacales. Le
grand prévôt, le procureur du roi en cour
d'église, le bailli et ses assesseurs fermaient
la marche.

La procession se frayant avec peine un passage parmi les flots du peuple attiré par le dégoûtant spectacle de cette si solennelle amende honorable, arriva jusque devant le portail de l'église de Notre-Dame. Là sous une riche tente et au haut d'une estrade dont les gradins recouverts de tapis d'Orient servaient de siège à l'évêque et à son clergé, était exposé un saint sacrement :

Saphor fut introduit sous la tente. Les quatres frères armés de verges le suivirent seuls.

Alors pour la première fois depuis sa sortie de la prison, il leva les yeux, promenant tristement ses regards sur tout ce qui l'entourait et cherchant une figure amie parmi les acteurs ou les spectateurs de cette scène. Partout il ne rencontra que des sourires amers ou de la curiosité impassible. Sur sa poitrine pressée il baissa sa tête brûlante.

L'évêque se leva et dit :

« Mes frères, le chevalier Saphor ici pré-

« sent s'est déclaré repentant et contrit des
« crimes et griefs qui lui sont reprochés.
« Dans notre miséricorde nous avons fait
« commuer la peine à laquelle il avait été
« condamné en une amende honorable con-
« forme aux règles établies par d'Osma et Do-
« minique son père. Nous avons en même-
« temps retiré le décret d'excommunication
« qui pèse sur lui. Mais avant d'être relevé du
« dit anathème en vertu de la pleine puis-
« sance et autorité qui nous est confiée par
« le saint siège, il est admis à prononcer devant
« vous un serment sans l'observation duquel
« notre absolution serait nulle et non ave-
« nue. »

Saphor fut conduit devant une table où,
sur un grand livre ouvert, étaient déposées
plusieurs reliques. Il y posa la main droite et
prononça le serment suivant qui lui avait été
prescrit.

« Moi, chevalier Saphor, ayant la main po-
« sée sur les saintes reliques, le corps de no-
« tre Seigneur Jésus-Christ, et le bois de la
« vrai croix, je jure de faire une longue et
« austère pénitence, et d'obéir aux injonctions
« de l'évêque et de l'église qu'elle représente
« sur tous les points qui ont trop justement
« motivé mon excommunication et ma con-
« damnation, et qui consistent en ce que j'ai
« cohabité avec une hérétique de cœur,
« tramé des complots contre l'église, né-
« gligé de sanctifier les fêtes et les dimanches
« et attiré sur moi des soupçons de sorcelle-
« rie en me trouvant en relations intimes et
« fréquentes avec une infâme sorcière ; et,
« pour garantie du serment solennel que je
« fais de donner pleine et entière satisfac-
« tion sur tous les points ci-dessus énoncés, je
« m'engage à endosser l'habit religieux avec
« deux petites croix cousues des deux côtés

« de la poitrine, à observer trois carêmes
« dans l'année, à garder une chasteté perpé-
« pétuelle, à faire donation entière de mes
« biens à saint Benoît (1), à renoncer pour la
« vie à voir mon épouse frappée d'anathème
« et à rester jusqu'à ma mort sous la surveil-
« lance d'un moine de Citeaux pour rentrer
« dans le giron de la sainte église, dont j'im-
« plore le pardon. »

Cette formule de serment l'engloutissait

(1) A cette époque de spoliation et de brigandage, le
clergé avait établi en principe, que les biens des églises
et monastères étaient la propriété des saints patrons
de ces églises et de ces monastères. Aussi dans les char-
tes de donations, on ne lit pas *je donne aux prêtres de
telle église, aux moines de tel couvent;* mais on lit
je donne à tel saint, à telle sainte, etc. En faisant considérer ses biens comme sacrés, le clergé voulut les mettre
à l'abri des fréquens brigandages des nobles. Il n'y parvint pas toujours, car alors les nobles exerçaient ouvertement le métier de voleurs, et le premier drôle qui
avec assez de courage pour s'associer une vingtaine de
drôles comme lui, avait l'instinct d'élever une forteresse
en bois sur un grand chemin, était bientôt la terreur
et le fléau de la contrée.

vivant dans la tombe et validait sa spoliation
et celle de sa famille innocente comme lui,
honnie et persécutée comme lui. Aussi l'avait-
il prononcé d'une voix si altérée et avec tant
d'efforts qu'à chaque mot sortant de sa bouche, on aurait dit que son âme et sa vie allaient s'échapper avec lui.

Dès qu'après son serment, Saphor eut mis
les murs d'un cloître entre sa Llinda et lui,
l'évêque descendit de son siège, ôta son étole,
la passa au cou du pénitent en guise de collier, et, le traînant à sa suite, l'introduisit dans
l'église en psalmodiant le *miserere*. Les quatre frères frappaient de verges les épaules nues
de Saphor.

Le cortège fit aussi trois fois le tour de la
nef que remplissaient hommes et femmes pressant leurs têtes curieuses pour saisir un signe
de douleur ou de honte sur les traits navrés
du pénitent. Mais trop fier pour donner cette

satisfaction à ses bourreaux, Saphor était au dehors aussi impassible qu'un roc. En dedans il bouillonnait.

Et c'était pitié de voir cet homme jeune encore, guerrier de courage et de renom, marcher ainsi presque nu, traîné et flagellé par des prêtres au milieu d'une populace applaudissant à une justice qui n'était que de l'iniquité, de l'avarice et de la vengeance !

Enfin cette cérémonie se termina; et après que l'évêque eut solennellement prononcé la formule de son absolution aux conditions énoncées, Saphor fut vêtu et enfermé dans le couvent des moines de Citeaux pour compléter sa pénitence. Pendant toute la journée il ne put prononcer aucun mot : pas une larme ne vint humecter ses paupières, mais le lendemain à son réveil sa tête se trouva couverte de cheveux blancs.

Quelques jours après, la population de
Montpellier était encore en émoi. Sur une des
places pricipales, un bûcher tout dressé attendait une victime, à côté et sur une roche
surgissant du milieu d'un profond bassin
rempli d'eau, était exposée une femme dépouillée nue et dont le corps était entouré de
cordages tressés avec le jonc d'Espagne. Elle
attendait là le moment de subir les épreuves
de l'eau froide, en butte à tout ce que peut in-
venter d'ignobles et de cruelles avanies, la
férocité d'une populace avide de supplices.

Après plusieurs heures d'attente, le bailli et
ses assesseurs prédédés par plusieurs communautés de moines, arrivèrent près du bassin et deux questionnaires reçurent l'ordre
de procéder aux épreuves. Tenant la pa-

tiente suspendue par un câble qui formait un
nœud au-dessus d'elle, ils la plongèrent doucement dans l'eau et le bailli prononça les
paroles suivantes :

« Si cette femme est innocente, ô mon
« Dieu, ordonnez que tout son corps plonge
« dans le bassin et qu'elle ne puisse pas y
« pénétrer si elle est coupable ! »

Trois fois les questionnaires la plongèrent
doucement dans l'eau et chaque fois le corps
parut surnager.

Pendant ces épreuves, un effrayant silence
régnait parmi les assistans. Toute cette populace, là présente craignant qu'on lui ravît une
victime dont elle s'était promis la joie du supplice, les yeux fixés sur la patiente, se serait
au besoin constituée juge si le bailli n'eût déclaré que le corps ne s'était pas enfoncé jusqu'aux nœuds de la corde qui la soutenait,
c'était reconnaître la culpabilité de l'accusée,

on mit le feu au bûcher et l'on y jeta cette malheureuse.

C'était Brunelle.

Elle mourut en blasphémant. Sa mort horrible fut le juste châtiment de sa vie.

XIV.

LE PHARE DU MAURE.

> Il semble que l'espèce humaine ait
> deux classes, l'une qui vient du ciel,
> l'autre de l'enfer.
>
> LAVATER.

A peu de distance de Montpellier, sur
une langue de terre entre l'étang de Thau et
la mer, était un amas de ruines d'où surgis-

sait une grosse et vieille tour encore debout
et à la disposition du premier venu ; elle sub-
siste encore. On l'appelle *la Tourre* : on l'appelait jadis *Phare du Maure* , parce qu'elle
servait de point de reconnaissance aux Maures
qui faisaient de fréquentes descentes sur ces
côtes. Nul voyageur, cavalier ou piéton, n'était
assez hardi pour s'y arrêter : nul n'y passait
jamais auprès sans s'être assuré qu'aucune ga-
lère mauresque ne mouillait sur cette dange-
reuse plage.

Pour dérouter les poursuites, le guide à
qui Guiraud avait confié Llinda , avait pris
cette route se proposant de longer la plage
jusqu'au château de Saint-Michel.

Il était tout près du phare du Maure , avec
la malheureuse confiée à sa surveillance ,
lorsqu'un vent du large soufflant impétueux
et violent souleva jusqu'aux nues les flots de
la mer si irritable qu'ils longeaient ; en peu

de temps les vagues envahirent la langue de
terre, impuissante chaussée qui séparait la
mer de l'étang; d'abord ce sinistre se révéla
aux fugitifs par des lames brisées qui, blanches
d'écume et de colère vinrent mourir à leurs
pieds se creusant dans le sable de larges et
profonds ravins; puis des courans violens s'é-
tablirent entre les gorges des dunes: la mer
dans les parties basses afflua dans l'étang et
barra presque le passage.

Llinda, son fils et le guide se réfugièrent
dans le phare du Maure.

Leur arrivée causa un peu de terreur aux
hôtes qui l'occupaient.

Ils étaient trois, une femme d'environ
vingt-ans, appétissante, belle, mais triste,
souffreteuse, un enfant jouant insouciant avec
un chapelet à gros grains, et un homme encore jeune et dont tout annonçait les habi-
tudes monacales.

Un nouvel arrivant entra.

Les premiers possesseurs l'accueillirent avec empressement et familiarité. Après avoir échangé quelques mots avec lui, leurs figures se rembrunirent et il fut aisé de voir qu'il était attendu et porteur de mauvaises nouvelles. En effet sans en délibérer avec eux, ce dernier arrivé prit une lourde valise et sortit. Les autres le suivirent. L'homme à l'allure monacale, levant les yeux vers le ciel, fronça les sourcils d'un air menaçant.

La jeune femme essuya une larme : l'enfant voyant pleurer sa mère, pleura.

Ne se rendant pas compte de ce brusque départ par un temps si orageux et par des chemins si impraticables, Linda parut d'abord un peu inquiète : mais rassurée par son guide, elle ramassa, en un tas quelques brins de paille épars çà et là, y coucha son enfant ; et, épuisée de fatigues, de douleur et de sommeil, s'endormit à côté de lui.

Son sommeil ne fût pas long.

Un baiser d'homme la réveilla en sursaut.

Repoussant, de toute la force de ses bras, l'insolent qui osait la flétrir elle si pure et si malheureuse, elle jeta effarée les yeux sur lui et à la lueur de quelques branches de tamarisque allumées par le guide, elle reconnut, sous un costume de pélerin, Guiraud qu'elle croyait mort et enfoui dans les glaces de la brèche de Roland.

— Guiraud ! dit-elle.

— Moi-même ! reprit le moine.

Llinda tomba à demi-morte sur son lit de paille.

Cette apparition confondait sa raison. Elle avait peine à croire le témoignage de ses yeux. N'ayant jamais soupçonné la résurrection en quelque sorte miraculeuse de Guiraud, ignorant que le chevalier faïdit et lui étaient un même individu, elle ne concevait pas comment, dans ce désert, par une nuit de tempête et d'ouragan, le seul homme dont-elle redoutait le plus la présence, se trouvait là, à côté d'elle plus effrontément scélérat que jamais.

Elle croyait à un rêve.

Elle fut bientôt détrompée.

— Oui : c'est moi ! répéta Guiraud avec un effrayant sourire : les morts ressuscitent comme vous voyez !

Llinda aurait voulu être à cent pieds sous terre.

Guiraud lui prit la main... Oppressée, tremblante, abîmée sous le poids de tant de malheurs s'amoncelant sans répit sur sa tête, Llinda n'eut pas même le courage de la résistance ; elle ne retira pas sa main.

Guiraud lui dit.

— Llinda, écoutez-moi. Vous vous rappelez ce jour où, par une infernale perfidie adroitement calculée, vous avez attenté à ma vie en me précipitant dans un abîme!

— Moi! dit Llinda dont l'âme pure trouvait même dans ses malheurs l'énergie de se révolter à l'idée d'un crime.

— Vous ou les vôtres, reprit Guiraud, n'importe : ne m'interrompez pas. Vous-vous rappelez, dis-je, ce jour où vous avez cru être délivrée pour jamais d'un homme dont le seul crime était de vous avoir aimée ? Eh bien! dans ce tombeau de glace où vous m'avez enterré vivant et dont je suis sorti d'une manière presque miraculeuse, j'ai laissé toutes mes passions d'homme, toutes, moins une qui s'est accrue de la force de vitalité et d'énergie des autres. Cette passion qui seule a survécu, c'est l'amour : cet amour effréné, indomptable, que j'éprouvais pour vous et qui est devenu plus effréné, plus indomptable encore. Vainement ai-je cherché à le vaincre : tout lui a servi d'aliment ; et remarquez bien ceci, Llinda, de vous à moi il y avait alors plus que de l'amour à satisfaire, il y avait une revanche à prendre, une vengeance à exercer.

Le ton dont Guiraud prononça ces derniers mots fit frissonner Llinda.

— Rassurez-vous, reprit Guiraud : écoutez. Or, soit amour, soit vengance, dès ce moment je n'ai eu qu'un seul désir, qu'un seul but, celui de vous posséder. Telle a été ma seule pensée, mon idée fixe. Toutes mes autres passions, l'amour-propre, l'ambition, l'orgueil qui caractérisent si spécialement les moines de mon ordre ont cédé la place à l'amour ou à la vengeance. Je me suis avili, je me suis rabaissé : j'ai exposé mon front à la honte aux sarcasmes : j'ai sacrifié une brillante carrière et tout cela pour arriver jusqu'à vous. Incertitudes, avanies, fatigues, dangers, j'ai tout bravé. Persévérance, abnégation, courage, j'ai tout déployé. C'est moi qui pendant des années entières vous ai cherché par le monde : c'est moi qui dans le mas d'Aumusson vous ai arrachée vous et Saphor à une mort certaine.

Llinda fit un mouvement d'effroi, Guiraud continua :

— C'est moi qui sous le masque d'un faïdit, vous ai vu pendant de longs jours et de longues nuits passer dans les bras d'un autre, vous que j'aimais tant. J'ai respiré le même air que vous. J'ai habité sous le même toit que vous. Je me suis sacrifié pour vous. J'ai voulu sauver Saphor et j'ai péri à la peine. Maintenant je suis banni, persécuté à cause de vous. Vous m'avez entraîné dans votre perte : Dominique nous comprend tous deux dans sa vengeance. Sans fortune, sans soutien, sans espoir dans ce monde, il ne reste à vous et à votre fils que ma haine ou mon amour : choisissez :

Guiraud se tut jetant un long regard sur
Llinda que déchirèrent mille pensées poignantes. La perte de Saphor qu'elle crut certaine,
le sort de son fils, le sien avec l'amour de cet
homme acharné après elle furent autant de tortures dont la mort seule semblait devoir être
le terme. Elle ne répondit pas, ne pleura pas.
Cette résistance négative déplut à Guiraud.

— Serait-il donc vrai, lui dit-il avec une
sécheresse brutale, que votre cœur aussi peu
accessible à la reconnaissance qu'a l'amour,
ne vît encore en moi qu'un ennemi ! Et cependant, j'ai exposé ma vie pour vous : je
suis fugitif à cause de vous ; Llinda, cela vaut
bien quelque chose.

Au ton d'amertume dont Guiraud prononça
ces mots, Llinda ne soupçonnant pas qu'il
ajoutait l'imposture à la scélératesse, comprit
néanmoins que ce n'était ni le moment ni le

lieu de heurter de front cet homme. Elle se contraignit et répondit sans colère.

— Vous me jugez mal : Dans ce moment, puis-je penser à autre chose qu'à mon infortune?.. Un époux que je chérissais comme moi-même est mort; mon fils, au début de la vie, souffreteux et faible, a pour escorte la misère, et pour compagne le malheur; les tortures de l'un, les souffrances de l'autre, se résument en moi, en moi, qu'un impérieux devoir retient sur la terre, et, je vous le demande : dans une si désolante situation, mon âme peut-elle s'ouvrir à un autre sentiment qu'à la douleur?

— Il le faut : votre seul espoir est là... Qui vous consolera? Qui vous protègera? Qui pourvoira à vos besoins ? Qui servira de père à votre fils? L'anathème qui pèse sur vous ne vous poursuivra-t-il pas partout comme une malédiction? Eh bien! moi, je le braverai

pour vous ; je serai le père de votre enfant ;
je serai votre protecteur, votre ami, votre
époux...

— Arrêtez, lui dit en s'interrompant
Llinda, les cendres de celui que j'aimais et
que je pleure, sont encore chaudes.

— Le vent les a balayées déjà.

— L'amour que j'avais pour lui opposera
plus de résistance.

— On ne doit point fidélité aux morts, on
doit reconnaissance aux vivans quand ils ont
tout fait pour la mériter... Non pas cette
froide reconnaissance formulée par les lèvres
et démentie par le cœur ; mais ce sentiment
qui, de femme à homme, se convertit toujours en amour. Et qui, plus que moi, peut
en être digne ?... J'ai eu des torts envers vous,
c'est possible, mes services passés les ont ex-
piés : mes services futurs vous prouveront
toute la force et la vérité de ma passion.

Jusque-là, Llinda, tristement résignée, avait paru écouter sans dégoût et sans colère les déclarations de Guiraud. N'osant trop heurter cet homme à la merci duquel le malheur l'avait en quelque sorte livrée, elle se flattait d'endormir son amour en ne pas le brusquant ; mais révoltée de tant d'impudence et d'audace, elle ne se sentait plus la force de feindre. Sa pudeur alarmée, sa douleur si indignement méconnue, ses malheurs exploités avec tant de cynisme, tout lui faisait un devoir de mettre un terme à tant d'insolence, et de ne plus encourager par son silence ou sa résignation de trop coupables espérances.

Un instant elle se flatta d'y parvenir.

Elle connaissait mal Guiraud.

Enhardi par la modération de Llinda qu'il avait pris pour de l'encouragement, il s'était affectueusement rapproché d'elle, et lui disait en la dévorant de ses regards de feu :

— Oui, Llinda, mes services futurs vous
prouveront toute la force de mon amour, de
cet indomptable délire qui depuis des années
est toute mon existence. Votre intérêt et celui
de votre fils vous font un devoir de le partager. Par pitié pour vous et pour lui, vous le
devez... Aussi ai-je la confiance que, cédant
à mes désirs, vous rendrez le plus heureux des
hommes celui qui en est le plus amoureux.
Nous sommes seuls ; la nuit est noire, et l'univers c'est nous... Llinda, soyez à moi !

Llinda recula glacée d'horreur.

— Combien avez-vous de poignards sous
votre robe pour me faire une pareille propo-
sition ? lui dit-elle d'une voix où se révélait
tout le désespoir de son âme.

— Je n'en ai qu'un, dit froidement Guiraud
en faisant luire une dague à ses yeux, il
suffira.

— Eh bien ! frappez et je vous bénirai !

dit Llinda, se découvrant la poitrine et se précipitant à ses pieds.

— Vous frapper, vous, non : mais lui !

Et Guiraud lui montra son fils.

— Lui ! grand Dieu ! mon enfant ! Et que vous a-t-il fait ?

— Rien ; mais sa vie me répondra des complaisances de sa mère : je l'ai décidé ainsi.

Llinda jeta ses regards effarés autour d'elle cherchant des yeux le guide. Il avait disparu.

Guiraud la comprit.

— Vous le voyez, lui-dit-il avec un sourire effrayant ; vous êtes seule avec moi, sans autre appui que le ciel et l'enfer : mais l'un est trop haut et l'autre trop bas.

Avec du désespoir et du délire, Llinda se roula aux pieds de cet homme.

— O mon Dieu : il veut tuer mon fils, dit-elle.

— Ce n'est pas moi : c'est vous :

— Moi !

— Oui, vous en me refusant.

— Mais, l'alternative que vous me propo-
sez est atroce : mon déshonneur où sa mort !

— Dites, mon amour ou ma haine.

— L'un et l'autre sont horribles.

— Vous me haïssez donc bien ?

Llinda se tut.

— Eh bien ! continua Guiraud, supposez
un moment que je vous aime autant que vous
me haïssez, que feriez-vous à ma place !

— Je respecterais une malheureuse sans
défense.

— Tant de magnanimité n'entre pas dans
mon âme. Vous serez à moi, ici, dans cette
tour ou votre fils mourra. Je vous donne une
minute de réflexion. Ce délai expiré, cédez,
sinon.....

Et un mouvement significatif du bras armé
de Guiraud, fit frissonner Llinda.

— Mais, pensez-vous lui dit-elle, à toute l'horreur du sacrifice que vous exigez de moi?

— J'ai réfléchi à tout : consentez.

— Mais, au moins attendez.....

— Rien : rien : sans conditions : sans restrictions : dites oui à présent ou jamais!

— O! mon Dieu! Mille morts! mille morts! avez pitié de moi!

— Mais, dites-donc oui, malheureuse?

Et la dague effleurait le cœur de l'enfant.

La situation d'âme de Llinda, peut plutôt se sentir que se décrire. Placée dans l'alternative la plus horriblemement poignante où jamais femme se soit trouvée, cette malheureuse poussait des cris déchirans et plaintifs, couvrant de baisers frénétiques son enfant, qui, ne comprenant rien à ses caresses, se dépitait et pleurait.

— Pour vous et pour lui, dit avec humeur Guiraud, vous pourriez mieux employer votre temps. Le délai que je vous avais fixé était court : l'avez-vous oublié ? j'attends !

Llinda, tout entière à ses tortures de mère ne l'entendit pas.

— Vous ne m'entendez pas ! dit Guiraud, lui arrachant sans pitié son enfant des bras et levant le poignard sur lui. J'attends ! reprit-il avec rage : dites oui ou je frappe.

Llinda, les yeux hagards, la bouche entr'-ouverte, la poitrine haletante, resta pétrifiée.

— Dites donc oui ! répéta Guiraud d'une voix tonnante.

Llinda ne répondit pas.

— Vous le voulez ? Eh bien...!

Le bras armé de Guiraud s'abaissa rapide. Lui, détourna la tête.

— Ah...! s'écria Llinda.

Et elle tomba évanouie et mourante, gissant sur le sol, tout de son long comme un cadavre.

XV.

LA MÉPRISE.

> La fortune ne porte pas toujours des coups mortels, elle tue à coups d'épingles.
>
> DIDEROT.

> L'être le plus faible a aussi l'instinct de la résistance.
>
> JEAN-JACQUES-ROUSSEAU.

A la vue de ce beau corps de femme étendue à ses pieds et dont un douloureux évanouissement domptait la résistance, Guiraud

ne consomma pas son crime sur l'enfant ;
mais pantelans d'émotion lubrique, ses yeux
de bête fauve léchèrent, comme autant de
langues de tigre, les contours ravissans de la
mère livrée à sa discrétion. Il la regarda
froid comme la poudre avant l'explosion,
dangereux comme elle après.

Il y avait quelque chose de satanique dans
l'allure luxurieuse de cet homme méditant
une infamie, souillant de ses regards lascifs
cette malheureuse, prêt à la disputer à cet
état voisin de la mort dans cette vieille tour
si isolée, avec cet enfant sanglotant auprès
et cette mer hurlant au loin comme à défaut
des cris de la victime.

Trop peu scrupuleux pour ne pas profiter
de l'occasion, il était prêt à violer Llinda,
lorsqu'une voix d'homme frappa son oreille.

Vouant de grand cœur au diable l'importun dont la présence pouvait gêner sa fié-

vreuse impudicité, il se détourna décidé à lui
disputer le misérable abri qu'il venait chercher là peut être.

Il reconnut le guide, son complaisant complice, qui, après avoir conduit Llinda jusque-
là, s'était discrètement éloigné dès son arrivée. Pâle d'effroi et pouvant articuler les mots
à peine, il dit à Guiraud, que tout auprès et
se dirigeant vers la tour, il avait rencontré
des hommes d'armes conduits par un abbé de
Cîteaux à la recherche d'un moine de cet ordre, qui s'était enfui avec une femme et un
enfant.

Ne doutant pas que ces poursuites ne fussent dirigées contre lui, Guiraud bavait de
colère et de rage. Se promenant à grands pas
dans la tour, tantôt il prêtait l'oreille pour
s'assurer si la fuite était encore possible;
d'autres fois il revenait auprès de Llinda, la
secouant avec violence pour lui faire repren-

dre ses sens. Mais cette proie lui échappait.
Le ciel la lui avait enviée, ou l'enfer peut-
être, qui sait?

Posté au dehors, en vedette, le guide annonça l'approche des hommes d'armes.

Une idée infernale passa par la tête du
moine.

— Il faut fuir sans elle : Eh bien ! que son
fils me serve d'otage, dit-il. Et malgré sa résistance et ses cris, prenant l'enfant dans ses
bras, il jeta un dernier regard sur la mère et
sortit en toute hâte de la tour.

Il était tout près encore, lorsque Llinda
reprenant ses sens, crut entendre vibrer à ses
oreilles des cris d'enfant. Malgré le chaos de
ses idées, ces cris la frappèrent plus que tout.
Soit pressentiment, soit instinct, elle se traîna
jusque sur le seuil de la porte. Là, haletante,
épuisée, elle écouta, et, entre un bruit de
pas d'hommes résonnant derrière elle et le

mugissement d'une vague se brisant au loin,
elle distingua la voix plaintive de son enfant,
cette voix qu'elle avait si souvent calmée.

Elle voulut se lever pour courir après ce
ravisseur : ses jambes plièrent sous elle. Dans
son désespoir, elle se traîna sur ses mains,
sur son ventre comme une louve dont une
balle a démonté le train de derrière.

Et, s'éloignant de plus en plus, la voix
moins distincte de son fils ne parvenait jusqu'à elle qu'à de longs intervalles.

Mêlés à des cris déchirans, des mots inarti-
culés ou sans suite, s'échappaient de la bouche
de Llinda.

— Il me le tuera, disait-elle, ce cher enfant, vivant portrait de son père ! Il me le
tuera!... C'est une bête féroce que ce moine !
le monstre!... Mon enfant... rendez-moi mon
enfant!... Je me donne à vous... Souillez-moi.
Massacrez-moi... mais rendez-le moi, ce cher

ange, à moi qui suis sa mère!... Oh! comme
ses cris sont déchirans!... Il boiora son sang,
cet infâme moine!... Et moi je ne l'embrasserai
plus... Je ne l'endormirai plus de mes caresses... Ah! mon enfant, mon cher enfant...
O mon Dieu!... qui m'eût dit que je l'élevais
pour ce tigre... Il me le tuera..! ô mon Dieu!

Et elle faisait des efforts inouis pour s'arracher du sol ou la clouaient sa douleur et sa
faiblesse.

— Ah! voici d'abord la prostituée! s'écria
tout près d'elle et avec une joie féroce un
moine de Citeaux accompagné d'une vingtaine
d'hommes d'armes.

Llinda, le regard fixé sur la plage et tout
entière à sa douleur, n'avait été que médio-
crement frappée de la présence de ces hommes et de cette insultante exclamation. Bien
plus, ne concevant pas de situation plus horrible que la sienne, elle avait espéré en eux,

et leur indiquant du geste la direction prise par Guiraud, elle s'écriait :

— Là ! là ! Il fuit par là l'infâme !

— On le sait, ribaude, dit en l'interrompant le moine qui l'avait si brutalement accostée : on le sait, et avant une heure j'espère bien l'avoir en mon pouvoir comme j'ai sa prostituée.

Llinda le regarda stupéfaite.

— Mais je ne suis point une ribaude, lui dit-elle, je ne suis point une prostituée : je suis pure et sans reproche... Lui, ce moine infâme demandait ma honte, le couteau sur la gorge de mon enfant. Je l'ai refusé... Il m'a ravi cet innocent..... Vous ne serez pas impitoyables comme lui, vous autres ; vous me le rendrez, ce cher enfant, c'est mon seul bien sur la terre..! N'est-ce pas que vous me le rendrez...! Ah ! dites-moi que vous me le rendrez...!

— Oui, on te le rendra dans l'*in-pace* ou tu seras enfouie vivante, pour avoir séduit un moine ! lui dit un des hommes présens.

— Oh ! juste ciel ! moi j'ai séduit un moine, reprit Llinda, lorsque pour lui résister j'ai déployé plus de courage et de vertu qu'il ne m'en faudrait pour gagner le paradis !

— Elle blasphème ! dit une voix.

— Elle blasphème ! répétèrent les autres.

Et brutalement assaillie par le moine et ses sbires, Llinda faillit couronner sa vie souffrante par un martyre.

Moulue, foulée, elle gisait sur le sable qui buvait le sang, sortant de sa bouche. A chacun de ses gémissemens, ces hommes répondaient par un sarcasme, à ses plaintes par une injure. Ils entouraient cette malheureuse, l'effrayant de leurs menaces, déroulant avec une joie féroce les tortures qui l'attendaient dans ce monde et dans l'autre. Accompagnant le u

paroles de mauvais traitemens, ils la frappaient avec leurs pieds ou le bois de leur piques. Llinda ne se plaignait plus : ses yeux
s'étaient voilés d'un nuage : Elle attendait son
coup de grâce.

Tout à coup, une voix bien connue d'elle
ranima son âme près de s'échapper.

C'était la voix de son enfant, dont le mira-
culeux retour était un problème pour elle.

Insoucieuse d'en chercher la solution,
elle lui tendit les bras à cet enfant tant désiré.
Un éclair de joie brilla dans ses yeux : un
sourire effleura ses lèvres, bonheur d'un instant que lui envièrent les lâches témoins de
ses souffrances.

Entre les mains brutales de ceux qui l'a-
vaient ramené, l'enfant trépignait et voulait
rejoindre sa mère. Eux riaient de sa colère,
ouvrant leurs rangs pour le laisser passer, et
l'arrêtant ensuite au passage, comme le tigre

qui, pour jouir long-temps de l'agonie et de l'espérance déçue de sa proie, la lâche, bondit ensuite sur elle et l'enserre. Confus et désapointé, l'enfant redoublait d'efforts et eux de rire. Il pleura : ils le maltraitèrent.

A cette vue, Llinda, clouée jusqu'alors au sol, par ses propres douleurs, elle qui, depuis vingt-quatre heures, n'avait pu opposer que la résignation du désespoir à tant de tortures poignantes, s'élance au milieu des bourreaux de son fils. Sans calculer leur nombre ou leur force, elle brave leurs coups pour arriver jusqu'à lui. Seule, elle les affronte tous ; seule, elle les fait trembler. Armée d'une pique qu'elle a su arracher à l'un d'eux, elle dispute son enfant avec la rage d'une louve. Les coups qu'elle porte intimident les plus hardis : ses cris effraient les plus timides. Elle en met plus d'un hors de combat : le sang de ces hommes coule avant le sien.

Cette lutte était trop inégale pour durer long-temps. Comme toujours l'injustice triompha, Llinda n'eut d'autre espoir qu'en Dieu.

Elle tomba.

Et alors, la vue de ce champ de bataille où une femme seule, souffreteuse, exténuée, avait lutté contre une bande de forcenés, offrit un spectacle aussi curieux qu'attendrissant.

Au pied d'une dune, quelques hommes d'armes entouraient deux de leurs camarades, pansaient leurs blessures et se retournaient de temps à autre pour jeter des regards de colère sur Llinda. D'autres plus lâches, passaient devant elle, la menace au poing et l'injure à la bouche. A quelques pas de là, le moine confessait un des siens blessé à mort, tandis que tout autour, d'autres à genoux, et les mains jointes, priaient avec ferveur. Liée à un anneau en fer, fixé dans les murs de la tour, Llinda dont toute l'âme était dans les yeux, ne voyait dans tout ce monde-là que son fils garotté comme elle, loin de ses bras qu'elle lui ouvrait et dans lesquels il désirait tant de se jeter, le pauvre enfant!

Vaincue, elle ne demandait que la grâce de le presser dans ses bras, de sécher par ses baisers de mère les larmes qui sillonnaient ses joues, d'étouffer par ses caresses les sanglots qui déchiraient sa poitrine; mais ingénieux à la torturer, ses ennemis lui refusaient cette faible consolation. Alors, elle se désolait, la pauvrette; elle se débattait dans d'effrayantes convulsions, et d'une voix déchirante et lamentable, elle tâchait d'attendrir ses bourreaux.

— Laissez-moi embrasser mon enfant, disait-elle : si vous n'avez pitié de moi, ayez au moins pitié de lui... Voyez comme il me tend

ses petits bras! comme il veut briser ses liens !..
Ah! ses liens lui meurtrissent les membres !..
Il pleure; ne l'entendez-vous pas? Dans toutes
vos poitrines d'hommes, il n'y a donc pas un
cœur de père? Les monstres! ils me le laisse-
ront mourir! Et que vous a-t-il fait, lui, si
jeune, si frêle?... Voyez : il souffre et il
pleure... Rendez-le moi, au nom de Dieu
rendez-le moi !... Je ne vous demande rien
pour moi... Meurtrissez-moi, tuez-moi...
mais ne faites-rien à mon enfant, il est innocent, ce cher ange!...

Et, se débattant avec rage, elle cherchait
à ébranler le phare du maure, comme si elle
eût voulu s'enterrer sous les débris de cette
vieille tour.

Du sang et des larmes sillonnaient ses joues;
son corps se raidissait; sa voix était rauque,
lamentable, articulée à peine et toujours dominée par les cris perçans de son enfant.

Elles étaient horribles les souffrances de ces deux malheureux, de cette mère, partageant toutes les angoisses de son fils, en souffrant plus que des siennes; de cet enfant initié aux tortures de la vie, avant même qu'il sût ce que c'était que la vie : l'un et l'autre se dévorant des yeux, s'appelant de la voix et du geste et liés, garottés sans pouvoir franchir l'intervalle qui les séparait. A leurs supplications, à leurs larmes, à leurs souffrances, les hommes d'armes répondaient par des sarcasmes et des éclats de rire, impitoyable insensibilité mille fois plus cruelle que les traitemens les plus rigoureux... Ah! comme ils souffraient cette mère et cet enfant!...

Dans ce moment le soleil se leva radieux, éclairant de ses feux rouges une des faces de la vieille tour du Maure qui, dans sa longue carrière, n'avait peut-être jamais été témoin de tant de froide cruauté et de si déchirantes angoisses.

XVI.

LE DÉVOUEMENT.

Ah! Costantin , di quanto mal fu
madre non la tua conversion ma
quella dote che me date prese il primo
recco padre !

Ah! Constantin, quelle source de maux
a été non pas ta conversion, mais ces do-
tations que tu instituas en faveur des
prêtres !

LE DANTE.

Comment Guiraud s'était-il dessaisi du fils
de Llinda , ce précieux ôtage qui devait en
quelque sorte lui assurer la possession de sa

victime? Comment Llinda dont la position devait plus exciter la pitié que la colère, avait-
elle été traitée si brutalement par le moine
de Citeaux et ses hommes d'armes? Comment
enfin son fils avait-il été ramené? Tout cela
forme une série de problèmes, que quelques
mots d'explication résoudront sans peine.

Reprenons les choses d'un peu loin.

Les moines de Citeaux, dont l'ordre avait
été fondé en 1097, avaient acquis dans l'espace de deux siècles, une immense puissance
temporelle et spirituelle. Enveloppant la chré-
tienté comme un réseau, ils étaient les con-
fidens des papes et les rivaux des grands.
Fauteurs de toutes les croisades contre les
sectaires de la Provence à titre de légats ou
de chapelains, à une guerre impie ils faisaient
succéder une guerre injuste. Légalisant, par
leur présence, l'usurpation des domaines laïques et ecclésiastiques, conquis par les hom-

mes de fer, que leurs paroles mielleuses poussaient au meurtre et au carnage; ils se distri-
buaient les évêchés. Les moines des autres
ordres, rivalisant avec eux d'avarice et de
cupidité, s'étaient enrichis à leur exemple; et,
comme la richesse engendre souvent les vices,
ils s'étaient pervertis comme eux.

Etalant sans pudeur sa crapuleuse oisiveté,
le clergé en général, était tombé dans un tel
état de discrédit, qu'au lieu de dire proverbiale-
ment selon l'usage d'alors: *J'aimerais mieux
être juif*, on dirait: *J'aimerais mieux être
chapelain*, que de faire une telle action. En
effet, les clercs laissaient croître leurs cheveux
pour cacher leur tonsure; les chevaliers, qui,
la plupart percevaient les dîmes des églises,
ne destinaient plus leurs enfans à la prêtrise
et la faisaient conférer aux enfans de leurs
inférieurs. Le haut et le bas clergé se livrait,
sans peine, au relâchement le plus scandaleux,

à une incontinence de mœurs, telle que le plus pauvre hère d'une communauté pouvait entretenir effrontément ses concubines et élever ses bâtards aux frais du monastère. Le luxe, le jeu, l'ivrognerie régnaient partout, et, d'après les paroles du pieux Guillaume, archevêque de Tyr : « Plus que tout, le clergé et les évêques se livraient à la débauche et à la simonie. »

Dans ce débordement d'immoralités, les moines de Citeaux n'étaient pas restés en arrière. Mais plus clairvoyans que les autres, ils s'étaient aperçus que la vie licencieuse du clergé servait de prétexte aux sectaires, pour décrier les clercs et séduire le peuple. Alors prenant conseil de leur intérêt, ils avaient résolu de se montrer sévères à cet égard, dussent-ils sacrifier un des leurs à leur politique.

L'occasion s'était bientôt présentée.

Un des novices de leur maison de Montpellier s'était épris de la fille d'un des plus
riches bourgeois de la ville, l'avait rendue
mère et audacieusement enlevée avec son enfant. Excité par l'or et les plaintes du père, le
peuple s'était porté en foule au couvent, menaçant de l'assiéger et d'y mettre le feu, et ré-
clamant à grands cris le ravisseur et sa victime.

Pour calmer cette populace irritée, l'abbé
avait revêtu ses habits sacerdotaux, pris à la
main un saint-sacrement et fait ouvrir les portes. Dans une allocution véhémente et courte,
il avait démontré à ces furieux, l'injustice de
faire rejaillir sur toute une communauté les
fautes d'un seul, et promis, en terminant, d'en-
voyer à la poursuite du coupable et de le leur
livrer. Puis, ayant élevé son saint-sacrement,
il avait béni toute cette foule naguère furibonde et alors pieusement agenouillée à ses

pieds, et l'avait renvoyée, sinon satisfaite, du moins calmée ; tant était une arme puissante alors, l'intervention des choses sacrées.

Peu de jours après, ayant découvert l'asile du ravisseur, il l'avait fait poursuivre, bien décidé à venger sur lui et sur sa maîtresse, l'espèce d'amende honorable à laquelle l'avait forcé une populace qu'il méprisait.

Il avait donné les ordres les plus sévères à cet égard.

Maintenant tout va s'expliquer.

Le lecteur n'a pas oublié cet homme à l'allure monacale, qui après l'arrivée de Llinda, dans le phare du Maure, s'était si précipitamment enfui avec une jeune femme et son fils. C'était le novice. Réfugié sur cette plage, il attendait un navire frété à ses frais pour outre-mer, et qui, assailli par la tempête, n'avait pu approcher de la côte. Averti des poursuites dirigées contre lui, il avait, comme on a

pu le voir, décampé à temps. D'autre part, Guiraud prévenu par le guide que des hommes
armés cherchaient un moine de Citeaux, errant sur cette plage avec une femme et un
enfant, ne soupçonnant pas une analogie de
position si frappante, avait pu se croire pour-
suivi par suite de la dénonciation de Dominique. Quant au moine chargé de ramener le
novice, instruit d'une manière positive du lieu
où il s'était réfugié avec sa maîtresse, il avait
cru le surprendre par cette nuit d'orage. Ce
qu'il avait vu en arrivant au phare, l'avait
confirmé dans son opinion , cette femme
clouée au sol par lassitude , et demandant
avec désespoir son fils; cet homme qu'il avait
aperçu à la lueur du crépuscule, fuyant au
loin; ces cris d'enfant si distincts, si perçans,
tout avait contribué à propager son erreur. Il
avait envoyé à la poursuite de l'un, était resté
auprès de l'autre, et lorsqu'à leur retour, ses

hommes d'armes ne lui avaient ramené que l'enfant laissé par Guiraud, dont il gênait la fuite, il s'était montré impitoyable envers la victime qu'il avait en son pouvoir, par dépit d'avoir laissé échapper l'autre. Cette fatale méprise avait ajouté de nouvelles angoisses aux angoisses déjà si cuisantes de Llinda.

En butte aux sarcasmes et à la cruauté raffinée des hommes d'armes et du moine qui les commandait, Llinda fut ramenée à Montpellier, et jetée au fond d'un cachot, dans ce même couvent où Saphor, sous la surveillance d'un moine de Cîteaux, subissait sa condamnation. Si elle eût pu prévoir cette circonstance, elle s'en fût réjouie, la malheureuse ! C'eût été un rayon de joie à travers ses cuisantes douleurs, une lueur d'espoir au milieu de son désespoir. Elle se fût trouvée heureuse de respirer le même air que lui, de gémir au fond d'un cachot dont il foulait de ses pas la

voûte; mais elle l'ignorait, elle le croyait
mort. Guiraud avait entassé tant de menson-
ges pour le lui persuader!

Dans l'infect et humide souterrain où l'abbé
du couvent l'avait fait inhumainement jeter,
elle put embrasser son fils, ce frêle enfant dont
la douleur empoisonnait déjà la vie, et qu'on
lui avait laissé comme une consolation ou
plutôt comme un supplice.

En effet, quand, après les premiers transports, elle se vit seule avec lui dans ce tombeau, sa tête tomba penchée sur sa poitrine,
son corps endolori s'affaissa sur ses talons, et
ses bras abandonnés et pendans n'eurent plus
la force de presser son enfant qui s'enlaçait
dans les siens. Puis promenant ses regards sur
tout ce qui l'entourait, à la lueur d'une lampe
suspendue à la voûte, elle vit à ses pieds un
pain noir et une cruche d'eau, et elle sou-
pira; un livre d'heures, et elle pleura; un

crâne de mort, et elle trembla ; un crucifix,
et elle pria. Pauvre malheureuse, dont une
pitié cruelle voulait torturer l'agonie par la
vue de tout ce qui peut la rendre plus effrayante et plus horrible !

Elle priait encore, lorsque la porte de son
cachot roulant sourdement sur ses gonds,
s'ouvrit.

Un homme entra.

Sa figure était pâle et livide, sa taille haute,
son costume celui des moines de Citeaux ; il
se composait d'une robe blanche, linceuil
d'un ordre éteint, qui suivait partout Llinda
comme son suaire animé.

Au premier aspect, elle curt que c'était
Guiraud, et sa prière commencée expira sur ses
lèvres. A la vue d'un inconnu, elle se rassura.

— Femme, lui dit cet homme, après l'a-
voir longuement fixée, je suis l'abbé de ce
couvent ; ton crime à failli retomber sur moi

et sur mes frères, la main de Dieu a éloigné
de nous ce malheur. Mais autant sa miséricorde a été grande pour les innocens, autant
sa justice sera terrible pour les coupables. Ton
crime est atroce: tous ces objets plantés autour de toi, sont autant d'emblèmes destinés
à te le rappeler. Ce pain et cette eau sont là
pour soutenir ta vie et te donner le temps de
te réconcilier avec Dieu; ce livre d'heures de
la Vierge t'indique par l'intercession de qui
tu peux obtenir ton pardon; ce crâne de mort,
l'avenir de la matière périssable; ce crucifix,
l'énormité de ta faute et la bonté de ton Dieu;
c'est à la fois du remords et de l'espérance.
Puisses-tu le comprendre!

La figure cadavéreuse de l'abbé, sa haute
stature, projetant sur les murs du cachot une
ombre colossale, ses longs bras recouverts
d'une étoffe blanche et tendus en avant, les
reflets rougeâtres de la lampe suspendue à la

voûte, jetant sur tout cela de la lumière et des ombres, donnaient à l'ensemble l'aspect d'une apparition fantastique. La nature sépulcrale du lieu, le choix des accessoires, la pose immobile de l'abbé, et plus que tout, le son caverneux et sombre de sa voix, complétaient l'illusion. Llinda se crut à sa dernière heure :

Dans cette persuasion, s'oubliant elle-même et ne pensant qu'à son fils :

— Et cet enfant, dit-elle, en le prenant dans ses bras, qu'a-t-il fait pour être traité si cruellement?

— L'enfant de la fornication ! s'écria l'abbé, d'une voix tonnante et avec un mouvement d'horreur, ce qu'il a fait? Dis, femme? Depuis treize cents ans les Juifs ne sont-ils pas honnis et errans? Et qu'ont-ils fait? Ils expient le crime de leurs pères !

— Oh ! mais c'est horrible ! dit Llinda ; en joignant ses mains avec désespoir.

— Dieu le veut : incline-toi !

Il y avait quelque chose de si solennel
dans le ton dont l'abbé prononça ces derniers
mots, que Llinda, subjuguée par un irrésisti-
ble ascendant, baissa la tête et n'osa répliquer.

L'abbé reprit en l'apostrophant :

— Orgueilleuse créature, qui veux sonder
la profondeur des décrets éternels ! toute
poussière et toute boue, tu oses accuser la divine Providence ! tu oses blasphémer ce Dieu
dont tes crimes ont hâté la mort. Malheureuse ! pense à la tienne et prie ; tes momens
sont comptés ; fais un examen sévère de ta
conscience : dans deux jours, un prêtre vien-
dra recevoir l'aveu de tes fautes et te mettre
en état de paraître devant Dieu.

Ces paroles, prononcées avec cet accent sévère de conviction d'un juge, plongèrent
Llinda dans un douloureux abattement. Elle
ne se rendait pas trop compte des crimes dont

on l'accusait ; mais telle était, alors , la force
des idées religieuses et superstitieuses , que
l'anathème lancé contre elle pesait sur son
cœur , comme s'il eût été mérité. Elle se
croyait coupable par cela seul qu'elle avait été
excommuniée ; elle demandait sérieusement
pardon à Dieu des crimes qu'elle n'avait pas
commis , et , persuadée , selon la croyance d'a-
lors , que ses malheurs étaient l'inévitable
conséquence de son excommunication , il ne
lui vint même pas dans l'idée qu'elle était victime d'une méprise. Sans cela elle eût dit un
mot et elle eût été libre.

Quant à l'abbé et à ses subordonnés , fer-
mement convaincus que Llinda était la maîtresse du novice , ils l'avaient traitée et la
traitaient encore avec la dureté rancunière
d'hommes qui se vengent. Ainsi, bourreaux et
victime étaient de bonne foi dans la persécution et la résignation.

Cependant, sous l'obsession de l'impitoyable arrêt que l'abbé lui avait si brutalement
jeté à la tête, Llinda semblait plus près de la
mort que de la vie. Tout ce qui en elle de
douleurs et d'angoisses, aurait pu s'épandre en paroles de son âme au dehors, venait
expirer sur ses lèvres comme une vague sur
un grain de sable. Mille pensées confuses et
poignantes se pressaient dans sa tête, ne laissant après elles que des sensations douloureu-
ses ou effrayantes. Rien de consolant, rien de
rassurant ne venait ranimer ses facultés et
ses sens. Accessible à tout, hors à l'espérance,
son cœur saignait et ne battait qu'à peine. Elle
souffrait horriblement.

Peu à peu ses sens se rassirent, elle pleura
d'abord, elle voulut parler ensuite, mais l'abbé
avait disparu, la laissant seule avec sa terreur,
son désespoir et son fils qui sanglottait dans
ses bras.

Elle fixa sur lui ses yeux pleins de larmes, et bientôt mêlant ses sanglots aux siens :

— Pauvre enfant, dit-elle, dont la mère était tout l'espoir et qui n'aura bientôt plus de mère ! Ma mort pèsera sur sa tête comme un anathème ! Et cependant quel est mon crime, mon Dieu ! Il doit être horrible, puisque toute votre colère s'épuise sur moi ! Si encore je pouvais emporter dans la tombe l'espoir d'un avenir heureux pour mon fils, alors je mourrais sans regret comme j'ai vécu sans honte et sans remords ; mais partout, devant comme derrière moi, je ne vois que la misère et l'infortune pour lui... et pour moi... la mort... une mort affreuse !...

A cette désolante idée, qui ne s'était jamais présentée si claire et si nette à son esprit, Llinda s'était levée en proie à toute l'agitation fébrile d'un malheur certain. Pressant sa tête à deux mains, elle la secouait avec rage, comme si elle eût voulu en arracher une pensée d'espérance.

Elle n'eut pas même cette faible consolation.

Alors, s'en prenant à Dieu lui-même, son désespoir éclata violent :

— Ai-je donc mérité, dit-elle, les rigueurs du ciel ou de la terre? Ai-je donc forfait à Dieu ou aux hommes? Ou plutôt ne suis-je que le jouet d'une puissance aveugle, qui frappe sans raison et immole sans pitié?.. Je me sens pure et sans reproches !... ces tourmens qui s'acharnent si impitoyables sur moi ne sont pas l'effet d'une justice qui punit, mais celui d'une haine qui se venge, d'une rage qui torture !... Le ciel est donc le complice des hommes?... Comme eux, il est injuste : comme eux, il est cruel : Et son injustice et sa cruauté retombent sur moi! Ah! s'il y a un Dieu pour les autres, pourquoi n'y en a-t-il pas pour moi?...

Dans ce moment, ses regards tombant involontairement sur le crucifix gisant à ses pieds, il lui sembla le voir s'animer et lui reprocher son peu de résignation et son manque de foi. Un frisson glacial parcourût ses membres, et le remords joignant ses tortures à celles qui la déchiraient, plus exaspérée que jamais, elle se laissa tomber à genoux, la face contre terre, et s'écria dans toute la componction de son âme et d'une voix suffoquée par les sanglots et la terreur :

— Ah! si tu m'entendais, mon Dieu! n'écoute pas !

Cet acte de contrition lui fut fatal. En se jetant à genoux, elle s'était précipitée sur le crucifix avec tant de véhémence qu'elle avait renversé la cruche contenant sa provision d'eau. A large orifice, comme toutes les cruches d'alors, elle s'était vidée jusqu'à la dernière goutte.

Tout entière au remords d'avoir pu blasphémer, Llinda fit d'abord peu d'attention à
cet accident; mais peu après, éprouvant le
besoin d'étancher une soif ardente, elle s'a-
perçut de ce désastre.

Les yeux hagards, fixés sur la cruche renversée et sur le sol humide qui avait impitoyablement bu toute l'eau, cette malheureuse
frémit d'horreur en pensant au supplice et à la
mort d'enfer qu'elle avait préparés pour elle
ou pour son fils peut-être. Sa position fut
alors plus affreuse. Elle ne l'avait pas cru
possible.

La mère et l'enfant étaient menacés de mourir de soif!...

Dès ce moment leurs tortures devinrent
horribles : tortures sans nom, qu'aucune langue ne peut rendre, qui croissaient d'heure
en heure, de minute en minute : mal affreux
dont le siège était partout et l'apparence nulle

part, qui n'était ni la vie, ni la mort, mais une incessante agonie empruntant à l'une ses angoisses les plus cruelles, et à l'autre ses plus épouvantables horreurs.

Llinda passa un jour et une nuit dans cet état. Sa langue s'était desséchée, sa gorge était brûlante, sa poitrine en feu. De temps à autre, elle léchait avec avidité les parois de la cruche dont la fraîcheur amusait instantanément sa soif. Pas un mot, pas une plainte ne sortait de sa bouche : sa langue et ses lèvres ne pouvaient les formuler ; point de larmes ne coulaient de ses yeux : la douleur les y avait taries et brûlées.

Pour comble de malheur, la lampe qui éclairait cette scène s'éteignit faute d'aliment. Alors, dans ce tombeau plongé dans l'obscurité la plus profonde, il n'y eut plus d'indices de vie ; seulement à de longs intervalles, un son guttural et rauque qui semblait n'avoir rien d'humain, s'échappait de la poitrine de Llinda. Il mêlait son ronflement sinistre aux gémissemens étouffés et douloureux de l'enfant, qui, comme la mère, n'avait plus ni larmes pour pleurer, ni voix pour parler.

Il y avait quelque chose de désolant dans cette double agonie sans larmes et sans voix, sans désespoir et sans rage, au milieu des ténèbres, au fond d'un cachot infect et humide, avec cette mère, qui, la main sur le cœur de son fils, en comptait les pulsations, avec cet enfant dont la tête penchée reposait brûlante sur le sein de sa mère, l'un et l'autre immobiles, périssant de soif et aux prises avec une mort horrible, que quelques gouttes d'eau auraient pu prévenir !

Des instans longs comme des heures, des heures longues comme des jours s'écoulèrent, et rien n'interrompit le lugubre silence qui régnait dans ce lieu de mort. Au milieu d'in-

éessantes ténèbres, Llinda privée de tout indice pour calculer le temps, ne savait trop
si le terme de deux jours fixé par l'abbé approchait, et si le prêtre dont il lui avait an-
noncé la venue, arriverait à temps pour sauver son âme à elle et la vie à son fils. Elle se
sentait mourir et n'avait ni la force de se ré-
signer, ni le courage d'espérer. Elle était ré-
duite à un pur état de marasme moral.

Tout à coup, un mouvement convulsif de
son enfant la fait tressaillir : un second mouvement suit le premier, et puis un autre, et
puis autre ; les gémissemens de cet ange ago-
nisant deviennent plus fréquens et plus rau-
ques ; il brame la oif : son front brûle, et une
sueur froide le sillonne : sa bouche entr'ouverte et desséchée, hume avec avidité des
flots d'air qui la dessèchent encore ; en proie au
paroxisme de la souffrance, il lutte innocent
et frêle contre une mort affreuse : une goutte

d'eau le sauverait peut-être ; Llinda le sait ,
car le mal de son fils est son mal. Une idée
subite la frappe. Elle manque d'eau pour humecter la gorge brûlante de son enfant : mais
elle a du sang : qu'il en boive et ce sera autant de ravi à ses bourreaux ! C'est horrible !
n'importe. Un moment a suffi pour fixer son
irrésolution.

Elle étend la main , cherche à tâtons la
cruche renversée , la trouve , la casse , et avec
un des tessons se fait une large entaille au
bras.

Elle approche des lèvres de son fils sa veine
ouverte, biberon horrible par lequel coulaient
le sang et la vie d'une mère !

Il suça , l'enfant , et ce sang lui brûla la
gorge. Il suça long-temps. Puis, gorgé de
cette boisson , il resta immobile et parut reposer. Les convulsions cessèrent : il ne suça
plus : il ne gémit plus : Llinda le crut endormi , elle en rendit grâces au ciel.

Pendant plusieurs heures encore, elle tint bon malgré la faim, malgré la soif, malgré la peur, malgré la mort : son enfant dormait toujours.

Enfin, elle entendit au loin, bien loin, un bruit de pas et de voix. Elle s'en réjouit la pauvrette : le long sommeil de son fils l'inquiétait. Le bruit approcha. La porte de son cachot s'ouvrit. Des hommes se présentèrent avec des flambeaux; Llinda se précipita au-devant d'eux ; elle avait oublié ses tortures ; elle avait recouvré ses forces pour éclaircir un doute horrible. Elle approcha son enfant des flambeaux : son doute s'éclaircit.

L'enfant était mort !

Elle tomba à genoux, baissa la tête et pleura.

— Vous êtes libre ! lui cria-t-on de toutes parts.

Elle n'entendit pas : la mort venait de lui

ravir sa dernière espérance. Elle ne demanda
pas à qui elle devait sa liberté ; sans cela elle
eût appris que sur la fausse nouvelle de l'arrestation de la femme enlevée par le novice,
le père suivi d'une foule de peuple avait forcé
le couvent pour la délivrer. Au lieu de sa fille
il avait trouvé Llinda.

Victime d'une méprise, cette malheureuse
allait devoir sa liberté à une autre.

XVII.

LA JUSTICE DU PEUPLE.

Oh ! des peuples souffrans la justice est tardive,
Elle a le pied boiteux, mais en fin elle arrive.

BARTHÉLEMY.

A la vue de cette malheureuse mère, fixant
d'un œil hagard le cadavre contorsionné de
son enfant, tous ces hommes poussèrent un

cri d'horreur et d'effroi. Contemplant la figure livide de la mère et les traits de l'enfant,
décomposés par les convulsives saccades d'une
mort violente, ils agitèrent en l'air leurs torches avec des hurlemens de rage et de vengeance. Ils ne demandèrent pas à Llinda la
cause de sa détention et de ses souffrances ;
peu leur importait. Ce n'était pas, il est vrai,
cette victime qu'ils cherchaient, mais celle-là
était devant eux, étreignant dans ses bras un
cadavre ; elle avait droit à leur justice.

Leur détermination fut prompte comme
une étincelle électrique. Les uns restèrent auprès de Llinda pour la secourir ; les autres se
ruèrent hors du souterrain pour la venger.

Et alors se révéla dans toute sa sauvage
anomalie, le caractère populaire, compatis-
sant ou féroce, juge clément ou exécuteur
aveugle, amnistiant des coupables ou se vautrant dans leur sang, arrachant des victimes

au bourreau ou comptant les rôles des siennes.

Llinda ne sachant trop si elle devait se ré-
jouir ou se plaindre des soins empressés qu'on
lui prodiguait, s'était livrée corps et âme à
ses libérateurs. Elle se laissait conduire à la
lueur rougeâtre des torches, portant son fils
dans ses bras comme une bière.

En approchant de l'air extérieur, elle entendit un bruit de pas, de cris, de hurlemens.
Ayant vu la mort de trop près pour la redouter, elle fut sans crainte pour elle ; mais
pressant dans ses bras le cadavre de son enfant, elle parut craindre qu'une seconde mort
ne le lui ravît.

Bientôt à ce bruit succéda du silence qu'interrompait seule une voix forte et sonore.

C'était celle de l'abbé qui, entouré de ses
moines, haranguait le peuple menaçant le
couvent du pillage et de l'incendie. Sa voix

hypocrite et mielleuse, avait déjà désarmé
les plus timides, et cette masse flottante qui,
dans toutes les démonstrations populaires,
n'est apte qu'à la curée.

Tout à coup, Llinda parut avec son triste
et lugubre cortège.

Tout changea de face.

— Vengeance ! beuglèrent des milliers de
voix.

— Llinda ! s'écria une voix qui les domina
toutes.

Et du milieu du groupe des moines, s'é-
lança un homme revêtu de l'habit de Cîteaux,
qui bondit plutôt qu'il ne courut jusqu'à l'endroit où était Llinda.

Cet homme c'était Saphor, condamné comme on sait, à rester toute sa vie sous la surveillance d'un moine de Cîteaux.

Dominée par la perte cruelle qu'elle venait
de faire, et croyant plus à une illusion qu'à

une réalité, par un mouvement machinal, Llinda n'ouvrit pas ses bras pour embrasser Saphor, mais les tendit en avant, lui présentant son fils mort.

Saphor, les yeux hagards fixés sur l'enfant, s'arrêta comme frappé de la foudre.

Llinda et lui, dévorant de leurs regards ce cadavre, ne donnaient plus un signe de vie. Debout comme des blocs de marbre, ils étaient silencieux comme eux, immobiles comme eux.

L'acte de Saphor n'avait échappé ni à la populace ni aux moines. Les rangs s'étaient ouverts pour laisser passer cet homme à la robe blanche bondissant parmi ces flots de peuple comme l'écume d'une vague pressée d'arriver au rivage. Tous les yeux étaient fixés sur lui et sur Llinda, et chacun attendait dans la plus grande anxiété le dénouement d'une scène dont la prolongation avait quelque chose de terrible.

En effet, un effrayant silence régnait parmi toute cette masse. On n'entendait plus de cris de vengeance , plus de hurlemens de rage, mais une horreur profonde et muette se peignait sur toutes les physionomies. Chacun le cou tendu, la bouche béante, l'œil fixe et respirant à peine, regardait, avec un sentiment indicible de sympathie et d'effroi, cet homme et cette femme, à la rencontre mystérieuse et horrible, s'élançant impétueusement l'un vers l'autre et arrêtés dans leur élan par un cadavre d'enfant, barrière de chair humaine que ni l'un ni l'autre n'osaient franchir.

Saphor rompit le premier le silence.

— Ils me l'ont tué, ces bêtes féroces! dit-il en grinçant des dents.

A ces mots prononcés d'une voix déchirante, toute cette populace comprit qu'il déplorait la perte d'un fils; mais attendant de plus amples révélations, sa sympathie ne se révélait encore que par des chuchottemens et des murmures.

Saphor vit d'un coup-d'œil tout le parti qu'il pouvait tirer de cette exaltation populaire, et prenant son enfant des bras de Llinda, il l'éleva en l'air en s'écriant :

— Peuple, voilà la justice des moines !

L'indignation devint générale.

Comment ? pourquoi ? s'écrièrent des milliers de voix.

Saphor alors se hissant sur un banc de pierre et sans se dessaisir de son enfant, leur raconta par quelle suite d'infamies les moines l'avaient dépossédé, flétri et condamné à une mort anticipée, comment sa femme et son enfant, aussi innocens que lui, avaient été traités avec encore plus de brutalité, puisque de ces deux victimes, l'une n'était plus et l'autre était plus près de la mort que de la vie.

En effet, Llinda clouée au sol et les yeux

fixés sur Saphor doutait encore de la réalité de sa présence. Tant de violentes et successives secousses avaient altéré ses facultés; elle se croyait le jouet d'un rêve. Craignant plus que tout de voir se briser cette si consolante illusion qui lui montrait vivant ce Saphor dont elle avait tant pleuré la mort, elle était dans un état de stupeur et d'inertie qui ajoutait encore à la pitié qu'elle inspirait. Mais lorsque familiarisée avec cette vision et rendue à son état normal par le son si aimé de la voix de son époux, elle ne put plus douter de la réalité de ce qui se passait sous ses yeux; elle fondit en larmes, et ses pleurs doublèrent l'animosité de toute cette masse ébranlée déjà par les accens si pathétiques et si déchirans de Saphor.

Bientôt ce ne fut plus cette femme timorée, abattue par la douleur et ne tenant à l'existence que par l'étincelle de vie qui animait encore ses traits. Ses yeux brillèrent d'un éclat extraordinaire. Un changement subit et total s'opéra en elle. D'un bond s'élançant à côté de Saphor, elle lui prit à son tour l'enfant des bras, et, comme lui, le présentant au peuple, elle s'écria avec un accent dont rien ne peut rendre l'expression et la douleur :

— Peuple, ils me l'ont laissé mourir de soif !

Et montrant son bras sillonné de sang coagulé :

— J'ai voulu soutenir sa vie en lui donnant à boire de mon sang, ajouta-t-elle ; mais il était tari dans mes veines !

Un cri d'horreur accueillit ces mots.

A la vue de cet homme et de cette femme élevant tour à tour en l'air comme un drapeau ce cadavre d'enfant, l'allure de tout ce peuple prit ce caractère sombre et bruyant à la fois, et toujours indice certain d'un vif mécontentement près d'éclater; et ceux-là mêmes qui, quelques jours auparavant, les avaient exécrés et maudits, étaient prêts à les défendre et à les venger.

Une circonstance imprévue détermina l'explosion.

Le malheureux père dont l'or avait ameuté cette populace pour délivrer sa fille, furieux de la nullité de ses recherches, se précipita hors de la foule en criant :

— Peuple, nous sommes libres de par Dieu (1)! Sus, sus aux moines qui ravissent nos filles et tuent nos enfans !

L'effet de cet appel fut prompt et terrible. Assaillis de huées et de coups de pierres, l'abbé et ses moines s'enfuirent épouvantés. Vaine-

(1) A défaut d'une liberté due à son énergie ou à ses maîtres, le peuple alors se disait libre de par Dieu. C'était une consolation pour lui, tant avait de magie le mot de liberté, même à ces époques de servitude et d'abrutissement.

ment quelques-uns essayèrent-ils d'élever la voix. Couverte par les cris de la multitude, elle fut impuissante à arrêter ce torrent.

Il déborda.

Traqués et relancés des salles dans les corridors, des corridors dans les cours, les moines ne trouvèrent de refuge nulle part. Impitoyablement déshabillés, ils furent étrillés ou assommés par les plus furieux. Les plus modérés se contentèrent de leur donner du *dromos.*

Les vassaux de l'abbaye, arrivés à la hâte, vinrent au secours des moines et empêchèrent le pillage.

Il était temps.

La foule se dispersa; le lendemain l'évêque excommunia en masse tous ceux qui avaient fait partie de ce rassemblement, en statuant que ceux qui demeureraient excommuniés pendant quarante jours, sans se faire absoudre,

paieraient chacun cent sous si c'était un chevalier, cinquante si c'était un bourgeois, et
vingt si c'était un serf (1); les pénitentes du
couvent firent mieux. Indignées des mauvais
traitemens qu'avaient subis les moines, elles
se portèrent en foule à l'église, levèrent la robe
au patron, beau saint Benoît de marbre,
et le fouettant vigoureusement, l'apostrophè-
rent en ces termes : « *Benoît, vieux pares-*
seux, es-tu tombé en léthargie ? Que fais-tu?
tu dors? Pourquoi souffres-tu que tes servi-
teurs soient accablés d'outrages (2) ?

(1) Historique.

(2) *Ex miraculis sancti Benedicti.* Les Romains ap-
pelaien cette pratique *incubare deos.* Dom Carpentier
cite d'autres exemples de cette absurde et ancienne pratique.

XVIII.

LA BATTUE DES SERFS.

> Souvent nous ne comprenons pas bien
> toute notre infortune : le temps se charge
> de nous l'expliquer.
>
> L'abbé Prevost.

C'était le matin, le soleil ne pointait pas encore à l'horison, une brume épaisse s'élevant lentement mangeait insensiblement les contours des montagnes des Cévennes que devaient plus tard sillonner, le fer d'une main et la croix

de l'autre, les dragons de Louis XIV. Dans le
creux d'un antre dont un torrent baignait l'entrée, Saphor et Llinda, à genoux et les mains
jointes priaient. Ils remerciaient Dieu de les
avoir réunis, le suppliant de jeter un regard de
pitié sur leur fils, cet ange déjà monté au ciel,
et dormant du sommeil éternel devant eux,
sur un tas de feuilles sèches amoncelées par le
vent. Puis ayant religieusement et en silence
descendu leur enfant dans une fosse creusée
sur les bords du torrent, ils la recouvrirent
de terre, y roulèrent une grosse pierre et y
plantèrent une croix.

Une fois encore ils avaient échappé à leurs
persécuteurs en profitant de la confusion de
l'émeute pour s'esquiver du couvent et sortir
de la ville.

Quinze heures s'étaient écoulées depuis lors.
Craignant d'être poursuivis, ils avaient marché
sans s'arrêter, à pied, évitant les routes fré-
quentées, choisissant de préférence les sentiers

isolés, Saphor portant son enfant mort dans ses bras, et Llinda suivant avec peine sa marche rapide.

Jusqu'à ce moment, ayant eu sous les yeux ce cadavre lamentable, douloureux spectacle dont la vue absorbait seule toutes les facultés de leur âme, ils s'étaient oubliés eux-mêmes. Mais, dès qu'après avoir déposé dans la terre ce centre de leur tendresse et de leurs pensées, ils reportèrent leurs regards sur eux, seuls maintenant, isolés dans le monde, sans fortune, sans famille et en quelque sorte sans patrie, réunis miraculeusement après s'être crus séparés pour toujours, ils se jetèrent dans les bras l'un de l'autre, muets, sanglottans, et y confondirent leurs larmes.

Ils pleurèrent long-temps.

Un bruit confus de voix lointaines les fit tressaillir.

Les voix devinrent plus distinctes et plus sonores.

Saphor avançant la tête avec précaution reconnut des vassaux de l'abbé de Citeaux, armés de leurs piques au manche peint en blanc.

Ne doutant pas qu'ils ne fussent envoyés à sa poursuite, il se blottit avec Llinda dans le creux le plus obscur de l'antre.

Les hommes armés de piques firent halte à l'entrée.

— Je veux brûler cent ans en purgatoire, dit l'un d'eux, si ces deux excommuniés après qui nous courons n'ont pas commerce avec le diable.

— Et moi mille, ajouta un autre.

— C'est bientôt dit : reprit un troisième, en branlant la tête d'un air incrédule.

— Et bientôt prouvé, maître Philip, ajoutèrent les deux premiers interlocuteurs.

— En effet, dit le quatrième, qui n'avait pas encore parlé ; ils ont laissé partout, sur leur passage, une odeur de soufre et de feu.

— A Substançion on les a vus passer, montés sur un roussin qui avait des jambes de fer et une tête de serpent.

— Au Mas-d'Aniane ils ont traversé l'Hérault en marchant sur l'eau comme saint Pierre.

— Je le crois bien, deux diables les soutenaient en l'air.

— Et dans le couvent de messieurs de Citeaux, lorsqu'ils ont pris la fuite, ils n'ont pas passé par les rues au moins; mais, sautant d'un toit à l'autre, il sont ainsi sortis de la ville.

— Bah ! bah ! bêtises que tout cela, dit maître Philip; je les ai connus à leur château de Maguelonne, et c'étaient d'aussi bons chrétiens que vous et moi.

Saphor et Llinda, au fond de l'antre, se pressaient, tremblans, l'un contre l'autre.

— Si on les reprend, dit un des interlocuteurs, il leur sera fait un mauvais parti.

— Et ils ne l'auront pas volé, reprit un
autre.

— Ma foi, dit maître Philip, je n'ai jamais
vu trop clair dans cette affaire.

— Cependant, c'est aussi clair que possible.
Ces excommuniés avaient commerce avec
l'enfer. Ce qui le prouve, c'est leur réunion
dans le couvent, après leur séparation. Ils
avaient donné au démon leur enfant pour
gage, aussi l'enfant est-il mort dès que la
réunion a eu lieu. Le sonneur de cloches,
Carnot, m'a dit avoir vu le parchemin sur lequel était écrit le pacte scellé du grand sceau
de l'enfer, en cire jaune, avec deux cornes et
une queue de serpent dans un champ de feu.

— Le sonneur de cloches est un vieux bla-
gueur.

— Par la Vierge ! maître Philip, vous ne
croyez à rien.

— Je ne crois pas à des fariboles. Par exemple, voilà une croix, continua-t-il en montrant celle que Saphor et Llinda avaient plantée sur le tombeau de leur enfant ; Dieu veuille sauver mon âme par elle! Eh bien! croyez-vous qu'elle désigne une tombe?

— Certainement, dirent tous les autres.

— C'est ce qui vous trompe. Une croix sur une tombe annonce un chrétien, et un chrétien serait enterré en terre sainte, et non pas là.

— Vive Dieu! maître Philip a raison, et alors...

— Alors... elle cache un trésor peut-être enfoui là dans ces temps de guerre. On y a planté une croix pour faire croire que c'était une tombe, mais en réalité, pour empêcher les fouilles.

— Il faut s'en assurer, dirent-ils tous à la fois.

Au même instant, renversant la pierre qui couvrait la tombe, tous ces hommes se mirent activement à recreuser la fosse dont la terre, fraîchement remuée, n'offrait que peu ou point de résistance.

Au fond de son antre, Saphor avait tout entendu. Craignant, d'une part, que la découverte du cadavre de son fils ne compromît sa fuite en mettant sur ses traces, et, de l'autre, indigné de voir profaner par ces hommes le tombeau de cet objet de sa tendresse, il s'avança avec précaution et les compta.

Ils n'étaient que quatre, accroupis autour de la fosse, et la fouillant comme des hyènes.

— Respect aux morts! leur cria-t-il d'une voix sombre et traînante, et qui sembla sortir de dessous terre.

Terrifiés de peur et d'effroi, ils se regardèrent quelques instans immobiles et en silence.

— Maître Philip, dit enfin l'un d'entr'eux,

c'est un mauvais esprit qui vous a suggéré
cette pensée. Recouvrons cette fosse et con-
tinuons notre route. Il fait mal jouer avec les
morts.

Cet avis parut bon à suivre. Ils recouvrirent la fosse à la hâte, et se retournant de
temps à autre pour jeter des regards effrayés
derrière eux, ils s'éloignèrent.

Echappés à ce danger, mais certains alors
d'être poursuivis, Saphor et Llinda baissèrent
la tête, tremblans et pensifs. Leur position
était devenue plus alarmante et plus critique.
Ces deux infortunés se regardèrent un instant
avec cet air d'atonie physique et morale, in-
terprête infaillible d'un désespoir poussé à
bout. Fugitifs et proscrits, il ne leur restait
plus d'abri pour reposer leur tête. Le soleil
éclairant leur fuite, le vent portant au loin le
bruit de leurs pas ou de leurs voix, l'homme
bienfaisant, dont ils recevraient l'hospitalité

ou l'aumône, étaient autant d'ennemis dont ils devaient se garder. La nature entière était soulevée contr'eux, si frêles, si faibles, n'opposant que de la résignation et de la souffrance à ses coups réitérés. Cependant ils se sentaient assez d'énergie pour lutter, assez de force pour résister ; mais le malheur les avait pris au dépourvu, au milieu des joies de la vie, couronnés de roses, dans un de ces momens où l'on ne prévoit rien, pas même la chute de la foudre qui gronde.

Le cœur de Saphor se révolta le premier contre tant de pusillanimité, et ne pouvant fléchir le malheur, il résolut de l'affronter.

La nature humaine est un composé d'anomalies : cet être intime que, faute d'autres noms on appelle le cœur, en est une des plus choquantes. Il patiente ou regimbe, cède ou lutte, s'attendrit ou se révolte avec la capricieuse bizarrerie de ces atômes que l'on voit tourbillonner, s'élever, descendre, retarder ou précipiter leur course dans un de ces rayons du soleil qui glissent à travers les fentes d'une croisée mal close. Dans un temps donné, sur la même organisation, des mêmes causes produiront des effets divers, énergiques ou timorés, mais jamais durables. Celui qui, de prime abord, regimbe contre le malheur, finit toujours par céder : celui qui cède, au contraire, lutte plus tard, et le domine parfois. Ce problème de physiologie, dont la solution n'est pas moins importante que celle de ces mille petits riens dont s'occupent si souvent nos savans brevetés, se reproduit tous les jours sous toutes sortes de formes et d'emblêmes. C'est presque une loi générale. Saphor ne put s'y soustraire.

Par suite de cette magique propension du cœur, à laisser dégénérer sa force en faiblesse, et à convertir sa faiblesse en force, lors de la réaction, tout acte de pusillanimité ou d'énergie en amène d'autres de même nature.

Ainsi l'apostrophe de Saphor aux vassaux fouillant la tombe de son enfant, fut le premier indice de l'heureux changement survenu en lui. Dès ce moment, sa situation lui parut moins désespérée, et son cœur, jusqu'alors inaccessible à l'espérance, y crut et s'y retrempa.

Il lui fut facile de faire partager son illusion à Llinda.

Avec cette enfantine crédulité de deux cœurs épris et ne voyant jamais que l'un par l'autre, ils se consolèrent de la perte de leur fortune. S'appartenant encore, certains d'être heureux partout où ils vivraient ensemble, forts de leur attachement et de leur amour, ils crurent, à l'abri de ces sentimens, pouvoir braver la misère et le malheur.

Dans cette croyance, ils se mirent en marche et quittèrent ce lieu qui avait failli leur être si funeste. Mais craignant d'éveiller les soupçons et d'être reconnus, ils se séparèrent et se donnèrent rendez-vous à l'abbaye de Cassan, dont l'abbé était parent et ami de Saphor.

Certains de se revoir le soir même, ils se quittèrent, le sourire sur les lèvres, ce sourire qui donne si souvent un démenti au cœur.

— Adieu ! dit Saphor en la suivant des yeux.

— A ce soir ! répartit Llinda.

— Adieu !

— Adieu !

Et l'écho de l'antre qui leur avait servi d'asile répéta adieu.

Entre deux collines d'une roche noire et dure, formant çà et là des murailles de colonnes prismatiques , quelquefois brisées , d'autres fois groupées de la manière la plus pittoresque, était la vaste enceinte du monastère de Cassan. Deux hautes tours carrées flanquaient le portail d'un temple gothique, surmonté d'un grand vitrage circulaire. Un double rang de piliers et d'arceaux courbés en ogives, en supportaient la voûte à la courbure élégante et hardie. Adossé au temple était un immense cloître dont les mille colonnes accouplées, soutenant les voûtes anguleuses du pérystile, enfermaient dans une enceinte exagone une fontaine jaillissante dans un bassin de marbre.

Des jardins bien entretenus et pourvus des fruits les plus rares ; des parcs vastes et ombragés de platanes et d'ormes plantés en quinconce, où l'accacia étalait au printemps son bouquet de fleurs blanches à l'odeur si suave, faisaient de ce séjour moins un lieu d'austérité que de dissipation. Les dimanches, les jours de fête, les jeunes femmes des environs s'y rendaient en foule. Elles étaient fêtées, reçues dans ce lieu de retraite. Relâchés comme tous ceux de l'époque, les moines de Cassan faisaient, en hommes du monde, les honneurs de leur maison, sans trop se piquer d'observer leur vœu de chasteté. Plus d'une intrigue amoureuse s'y nouait et s'y menait à bonne fin, ce qui avait fait dire à quelque loustic de l'époque :

Lous efans de Gabian oun lous païres à Cassan.
Les enfans de Gabian ont leurs pères à Cassan.

Parent et ami de l'abbé de ce couvent, Saphor avait résolu de lui demander un asile.

C'était vers le milieu du jour. Le soleil était

brûlant et inondait de lumière et de chaleur les cimes boisées qui dominaient l'abbaye. A pied, seule, en costume de pélerine, et son bourdon à la main, Llinda côtoyait un sentier tracé sur les bords d'un marais. Sous le chapeau de paille qui recouvrait sa tête, ses grands yeux ne brillaient plus de ce vif éclat, symbole presque toujours certain du bonheur et de la joie ; mais une teinte mélancolique en rehaussait le charme. Ce n'était plus cette jeune femme au sourire pudique et enchanteur, au corps élégant et souple, à la taille imposante et nuageuse. Maintenant, elle était triste, brisée comme un jeune saule abattu par l'orage, et dont les feuilles se replient sur elles-mêmes pour donner moins de prise au vent qui les dessèche. Cependant, de temps à autre se révélait en elle une de ces émotions rares dans la vie, où cœur, fibres, nerfs, âme et corps, tout tressaille : où la vie

jaillit comme une flamme d'incendie, ne demandant qu'à s'épandre au-dehors, prête à se
communiquer comme une contagion, et se
cramponnant à tout, à l'illusion comme à la
réalité, plus souvent à l'une qu'à l'autre.

La vue de Saphor avait amené ce résultat ; et comme tant d'hommes, vivant plus
dans l'avenir que dans le passé, elle espérait
alors.

Elle approchait de l'abbaye, longeant un
marais aboutissant à une belle avenue de ma-
ronniers et d'accacias qui conduisait à la principale grille. Masquée par les roseaux et les
hautes touffes de joncs, bordant le sentier spa-
cieux qu'elle suivait, elle marchait assez gaîment, joyeuse d'avoir échappé aux bandes
envoyées à sa poursuite. Parvenue sur un mon-
ticule d'où, par un éclairci, sa vue pouvait
s'étendre au loin, elle découvrit à un millier
de pas d'elle, des hommes armés de fléaux,

rangés en démi-cercle et battant le marais dans tous les sens.

Elle eut peur.

Prompte à s'alarmer, elle crut que cette battue était dirigée contre elle.

Il en est toujours ainsi ; c'est encore là une des bizarreries du cœur humain. Tout homme qui pose comme victime ou autrement, se croit sans peine le point de mire de tout acte, de toute parole qui flatte son amour-propre ou corrobore sa crainte. Avant tout, l'homme veut être quelque chose, c'est le faible de l'humanité, pivot d'amour-propre et d'égoïsme où se concentrent les mille rayons d'une inepte et ridicule suffisance.

Quoi qu'il en soit, Llinda eut peur. Se frayant un passage à travers les roseaux, bravant la vase gluante dans laquelle ses pieds s'enfonçaient, et les milliers d'insectes qui s'acharnaient après son visage, elle se blottit sous

une touffe épaisse, tremblante et effarée comme un chevreuil atteint d'une balle. Elle entendait les voix des batteurs, chantant pour
s'animer, une chanson dont elle ne distinguait
encore ni l'air ni les paroles, mais qui lui paraissait effrayante et sauvage. Elle ressentait
la commotion de leurs coups de fléaux sur les
roseaux. Les voix approchaient. La commotion devenait plus sensible, s'étendant à sa
droite et à sa gauche, comme pour l'enclaver
au centre d'un demi-cercle. Alors plus d'espoir pour elle d'échapper à cette battue. Il lui
semblait sentir sur sa tête et sur ses membres
tous ces coups qu'elle entendait résonner auprès d'elle. Elle se voyait, comme au phare
du Maure, le jouet de la froide atrocité d'hommes sans cœur et sans pitié.

Tout son corps en trembla.

Avec le bruit plus clair et plus rapproché,
le frissonnement des roseaux qui pliaient ou

rompaient sous les pas des batteurs, les voix plus sonores et plus distinctes, l'effroi de Llinda s'accrut. Elle sentit défaillir son âme.

Enfin, son agonie morale cessa.

Écoutant avec attention ce chant qui lui avait d'abord paru si effrayant, elle crut en reconnaître l'air et les paroles. Elle prêta plus attentivement l'oreille, et son cœur ne battit plus si fort; son âme reprit du calme. Elle reconnut le chant et les voix, non pas de batteurs d'hommes, mais de batteurs de grenouilles.

En effet, c'étaient des serfs de l'abbaye de Cassan, battant le marais pour approvisionner la table du couvent, de grenouilles, mets fort délicat et fort recherché dans ce temps-là. Leur chant, qui avait paru si redoutable à Llinda, n'était que le chant suivant, usité dans cette circonstance :

Pa, pa, pa reinote, pa,
Pan, pan, pan grenouille, pan,

Por moussu de Cassan,
Pour monsieur de Cassan,
Que Diou ga, ga, ga,
Que Dieu ga, ga, ga,
Gar... ar... ar... ar... arde.
Gar... ar... ar... ar... arde.

Appuyant fortement sur l'avant-dernière syllabe, les chanteurs tâchaient d'imiter le croassement de la grenouille. Ce son monotone répété par des centaines de voix, mêlé aux frisonnemens et aux craquemens des roseaux, formait un ensemble plus bizarre qu'harmonieux.

Cependant, totalement rassurée, Llinda était sortie de sa cachette et continuait sa route.

—Voici une reinote qu'il ferait mieux chasser que celles après qui nous courons, dit, en la voyant, un des batteurs.

Ce propos, loin de choquer Llinda, lui donna du courage.

— Je suis une pauvre pélerine, lui dit-elle,

je vais chez monsieur de Cassan, mon parent et mon ami.

— Dans ce cas vous arriverez à propos. Demain c'est la *fête de l'Ane* , il y aura gala aux dépens des *pauvres* (1). Depuis deux jours nous sommes plus de deux cents occupés à chasser et à pêcher pour qu'il ne manque rien aux convives. Pour notre peine, monsieur l'abbé nous a promis d'obtenir de notre saint Père le Pape, une indulgence d'une année. Aussi Dieu sait si nous y allons de bon cœur. Dieu vous garde , pélerine , et quand, au bout de la chaussée, vous rencontrerez la croix de St.-Loup, inclinez-vous trois fois, et dites un *Pater* en marchant à reculons. Cela vous gardera de male mort. Vive Dieu et monsieur de Cassan !

(1) Dans les monumens historiques de cette période, les serfs des monastères sont toujours qualifiés de *pau-vres*, et cette dénomination leur convenait sous tous les apports.

Ce double vivat, répété à plusieurs reprises
sur toute la ligne, retentissait encore aux oreilles de Llinda, lorsqu'elle joignit la belle avenue du couvent.

Deux heures après, elle était dans les bras
de Saphor.

XIX.

LA FÊTE LE L'ANE.

> A ceste heure voy toute entière
> La pille des sots de l'église ,
> Ypocrisie, ribaudise,
> Apostasie, lubricité,
> Symonie, irrégularité.
> Li carmé sont près d'Augustines .
> Neuf vingt en ont; à lor voisines
> Ne lor faut que passer la porte
> Que li uns dans à l'autre porte.
> BARBASAN.

L'abbé les reçut bien , et pour la première fois , depuis long-temps , Saphor et Llinda purent se livrer sans crainte à toute la joie d'une réunion inattendue.

Le lendemain matin , ils dormaient profondément encore , lorsqu'un épouvantable vacarme interrompit leur sommeil. Tout le couvent était en émoi : des clercs , des chapelains , des moines traversaient rapidement les cours , s'appelant , s'accostant , se quittant pour en appeler , en accoster d'autres. Tout autour du couvent, des centaines de carrioles dételées et recouvertes de tentes coquettement enjolivées annonçaient un bivouac de gens de la campagne. Çà et là des roussins et des ânes paîssaient en liberté , faute de place dans les écuries encombrées. Des valets, des serfs, des pélerins de tout sexe assis sur l'herbe , grignottaient gaîment du pain *tailloir* fabriqué avec des œufs , du lait , des épices, de la farine de seigle , distribué à la porte du couvent par le pannetier, et préalablement béni par l'abbé. Des marchands d'amulettes , de reliques et de chapelets criaient sur un air de cantique leurs saintes denrées.

L'un disait :

> *Veici, bons chrestians ,*
> Voici, bons chrétiens,
>
> *Che, despio mille ans,*
> Ce qui, depuis mille ans ,
>
> *Fa veneracioun*
> Fait la vénération
>
> *Di tota nacioun ;*
> De toute nation ;
>
> *Morcel daï pabat*
> C'est un morceau du pavé
>
> *Che nel, sas doulous,*
> Sur lequel, dans ses douleurs ,
>
> *Jésus accablat*
> Jésus accablé
>
> *Tombet à ginous.*
> Se laissa tomber à genoux.

Un autre chantait sur un ton différent :

> *Lo bel chtapèlèt*
> Le beau chapelet
>
> *Che tène nel dèt,*
> Que je tiens au doigt
>
> *Garantit las amos*
> Garantit les âmes
>
> *De tot dannarum.*
> De toute damnation.

Counten las tres crosès
Il contient les trois croix

Ambè lo dixen.
Avec le dixain.

Un autre :

E qui n'en vult, qui n'en vult, qui n'en vult.
Et qui en veut, qui en veut, qui en veut.

De l'amuletto dai san pèro ,
De l'amulette de notre saint père.

Garan chrestian de male mort.
Garantissant le chrétien de mauvaise mort

E dè l'enfer. Amen. Amen.
Et de l'enfer. Amen. Amen.

Tous ces chants se heurtaient, se croisaient, graves ou sautillans , sévères ou badins , suivant le caprice du vendeur , mêlés aux cris confus de mille voix, au tintement des cloches qui carillonnaient , aux hennissemens des roussins, aux chants ou aux acclamations des nouveaux arrivans.

Dans l'église surtout, plus qu'au-dehors, on pouvait juger du vrai caractère de cette réunion. Là, point de cette imposante religiosité qui parle tant à l'âme ; là, point de ces figures contrites dont la fervente allure semble révéler l'éternité et Dieu ; mais, en revanche , de la dissipation , et cette impatience affairée , indice toujours certain d'une joie promise.

En effet, c'était le premier jour de la *fête de l'Ane* (1), bacchanale cléricale, dont le peuple pouvait être témoin , mais non acteur.

Attenant au monastère de Cassan et seulement séparé par un grand mur de clôture, était une communauté d'Augustines au vêtement blanc comme la robe du cygne, et à l'âme moins pure que la couleur du vêtement. Trop de purisme eût été une faute peut-être à une époque ou les couvens étaient un foyer de corruption et de désordre : aussi, moines et

(1) Cette fête se prolongeait depuis le 26 décembre jusqu'au 6 janvier. Elle ne différait que par la dénomination de la *fête des Fous*, des *Sots*, de celle de *l'abbé des Conards*, de *l'abbé des Esclaffards*, etc.

religieuses s'étaient-ils disposés à fêter dignement ce carnaval ecclésiastique, saturnale de
Rome païenne, dont l'incontinence monacale
avait transporté l'usage aux ministres de Rome
chrétienne.

Quelques jours auparavant, des mots, des signes, des regards avaient été échangés entre des
Augustines et des moines, et sous le froc,
comme sous la guimpe, plus d'un cœur avait
palpité d'amour en pensant à une certaine
galerie communiquant d'un couvent à l'autre,
et ouverte pendant les dix jours de la fête du
consentement du pape Anastase IV (1).

Les carillons des cloches des deux couvens
annoncèrent l'ouverture de la galerie et de la

(1) En 1154, un des abbés du couvent voulant remé-
dier aux désordres que rendait inévitable l'ouverture
de cette galerie, voulut la faire fermer. Les moines et
les religieuses s'y opposèrent et s'adressèrent au pape
qui fit droit à leur demande et répondit à l'abbé :
« Continuez à suivre votre coutume » (*Utimini consue-
tudine vestra*), et la galerie resta ouverte.

fête, jetant à l'air, comme un défi, l'impudente immoralité de ces ordres monastiques. Des flots de curieux encombrèrent l'église. Les Augustines s'y rendirent, le visage couvert de masques barbus qui avaient fait donner à ces fêtes le nom de *Barboires*. Les moines procédèrent gravement à l'élection de l'évêque des Anes, parodiant les rites de l'Eglise d'une manière indécente et burlesque.

Le choix se fixa sur un d'entr'eux, et le récipiendaire frappant l'élu d'une baguette :

— Ah ! ah ! qui es-tu ? lui dit-il en commençant le dialogue d'usage.

— Je suis l'âne de Balaam : j'ai parlé jadis, et je parle encore de temps à autre pour me tenir en haleine.

— Tu n'es qu'un imposteur et un mauvais baudet.

— Que dois-je faire pour prouver ma qualité ?

— Braire trois fois et faire vingt péta-
rades.

L'élu remplit ces conditions, et le récipiendaire s'avançant gravement vers lui et simulant une impositoin de mains, lui dit :

—Maintenant ta qualité est avérée. Ainsi au
nom de tous ici présens et au mien, par la
grâce du béatifique et très saint âne sur lequel
Jésus fit son entrée à Jérusalem, je te consa-
cre évêque des ânes. Soit fait comme nous l'a-
vons dit.

Au même instant, au chant d'une hymne composée pour la circonstance, les moines se mirent processionnellement en marche. Deux
d'entr'eux portèrent devant l'élu, la mitre et
la crosse. On l'affubla d'une chappe d'où sor-
taient deux immenses oreilles d'âne. Installé
sur le siège épiscopal, il donna sa bénédiction
en débitant la formule suivante, aussi bouffonne qu'obscène :

— Au nom du père, du fils et de toutes les générations descendues du très-saint âne de Jésus, je donne ma bénédiction épiscopale et *asinale* à tous ici présens, souhaitant de la barbe à qui n'en a pas, et la chute de tout ce qui pend à qui en a (1).

Ainsi préluda la fête. Jusque-là rien encore n'avait dépassé les bornes d'une innocente plaisanterie, et cette momerie religieuse pouvait, à la rigueur, être considérée comme une satyre dirigée contre les évêques dont les moines voulaient saper la puissance à leur profit. Mais, dès le 1er janvier, jour où l'évêque des ânes entra véritablement en fonctions, le scandale jaillit de partout, comme, au contact d'un conducteur, les mille étincelles d'un corps électrisé. Au-dedans, les moines

(1) Pour comprendre ce jeu de mots, il faut se rappeler que les Augustines assistaient à cette cérémonie la figure couverte de masques barbus.

et les religieuses passèrent, sans crainte de réprimande, de l'orgie à la débauche et de la débauche à l'orgie : au-dehors, pendant dix jours, campant sous le ciel froid de l'hiver, la foule attirée par ce spectacle admira ébahie la crapuleuse immoralité de ses maîtres et l'imita sans doute.

Saphor et Llinda ne purent en croire leurs yeux.

Des croisées de leur appartement, ils virent dans les cours, rangés processionnellement et sous des costumes grotesques ou bizarres, des moines, des religieuses, mêlés, pressés comme dans un rahout, le visage barbouillé de suie ou couvert de masques barbus, se démenant, trépignant à l'attente d'un signal. Quelqu'un le donna. Cette procession diabolique s'ébranla avec des vociférations et des rires, des sarcasmes et d'obscènes lazzi. Elle se rendit tumultueusement chez l'évêque des

ânes, et le conduisit avec solennité à l'église.
Là commença la grand'messe et avec elle les
actions les plus extravagantes, les scènes les
plus scandaleuses.

Dès l'*introït*, moines et religieuses au milieu
du chœur, luttèrent de folie et de dévergon-
dage. Les uns jouèrent aux dés sur l'autel;
accroupis comme des singes, dégoûtans et
sales comme eux, ils burent à longs traits,
mangèrent avec voracité des boudins, des
saucisses, tout en faisant la nique au prêtre cé-
lébrant. D'autres brûlèrent de vieux souliers
dans un encensoir et le forcèrent à en respirer la fumée. Les femmes, qui, en tout et
pour tout, sont des anges ou des démons, of-
frirent l'image des antiques bacchantes, dan-
sant, comme elles, avec des poses lascives, des
gestes de luxure, et, plus qu'elles, portant à
la main, au lieu de thyrses, des bottes de foin
et des boudins, brandissant effrontément ces

emblêmes d'obscénité et de sarcasme, et les
jetant à la tête de l'évêque des ânes et du prêtre officiant.

Chaque heure, chaque minute accrut la
gravité de ce désordre et de cette profana-
tion. Gorgés de viandes et de vins, enhardis
par les luxurieuses agaceries des Augustines,
les moines se livrèrent à des actes d'une révoltante impudicité. Puis, comme expiation,
simulant les processions abolies du douzième
siècle, ils se déshabillèrent nus en chemise,
se flagellant entr'eux ou se piquant avec des
aiguillons. Et tout cela en présence d'une populace qui applaudissait et admirait, de jeunes religieuses qui avaient fait vœu de chasteté, et des cris, et des rires, et des gestes à
faire rougir un mort, si les morts avaient pu
rougir.

Cette saturnale ne se borna pas là.

Divisés en deux bandes, les moines et les

religieuses simulèrent un combat dans lequel, selon l'usage, les religieuses succombèrent (1). Les vainqueurs se querellèrent pour leur possession simultanée. Ils se battirent. Le sang coula. Le lieu saint fut pollué.

Tout cessa, sacrilège, délire et joie. Cet accident nécessita une expiation : car de tout temps l'Église a eu horreur d'une tache de sang sur le pavé de ses temples. Partout ailleurs, c'est autre chose.

Mais laissons ce bourbier et passons dans un autre, quitte à essuyer les pieds après. Le soleil a des taches, ce qui ne l'empêche pas de briller. Ces scènes si profanes et si orduriéres sont un type trop caractéristique de la profonde ignorance du peuple et de l'extrême corruption du clergé d'alors pour les passer sous silence.

(1) Dans les vignettes et miniatures des anciens manuscrits, on voit très fréquemment représentées des scènes indécentes où des moines sont aux prises avec des religieuses.

Le lendemain la scène changea ; sous des déguisemens aussi grotesques que ceux des jours précédens, les moines, juchés sur des tombereaux, sortirent du couvent et furent effrontément étaler au-dehors leur débauche et leur impudicité.

Trois tombereaux composaient le cortège. Dans les deux premiers des moines en costume de frères mineurs s'attaquaient, s'accolaient, pantelans de lubricité. Le vainqueur se posait sur le vaincu dans une de ces indécentes postures réprouvées par toute morale publique. Mille cris, mille gestes donnaient plus d'énergie à cette révoltante illusion, critique amère dirigée contre un des ordres mendians, jalousés par tous les autres qui prévoyaient sans doute que, cinq siècles plus tard, ils seraient la cause de leur ruine (1).

(1) L'impudente rapacité des ordres mendians a sans nul doute amené la destruction de tous les autres. La

Les plus déhontées des augustines s'étaient mêlées parmi ces obscènes satyriques ; sous des masques hideux et à longues barbes, les regards de ces filles du Seigneur suivaient effrontément tous les gestes de leurs inpudiques compagnons d'orgie.

Dans le troisième tombereau, sur des tas d'ordure, était l'évêque des ânes. Grotesquement affublé du costume et des emblêmes de sa dignité expirante, il trempait fréquemment un énorme goupillon dans un baquet de boue liquide, et aspergeait avec gravité la foule badaudant et se pressant sur son passage. Son

supression de tous les couvens a été une des plus grandes atteintes portées à la liberté individuelle et une énorme faute en économie sociale. Par la masse d'existences faussées qu'elle jette annuellement dans la circulation, elle doit nécessairement amener un bouleversement dans l'ordre social. Il fallait régulariser les communautés religieuses, mais non les détruire. Cette utopie, malheureusement irréparable des absurdes économistes de 89, est sans contredit celle qui amenera les plus funestes résultats.

clergé se tenait derrière lui , sur le même tombereau partageant cette grossière ovation. Chacun des membres qui le composaient était une charge animée , bouffonne et souvent spirituelle caricature d'un autre ordre monacal. Nul ne restait inactif. Les uns jetaient des ordures sur le peuple qui applaudissait et riait ; les autres échangeaient, avec des séculiers libertins postés exprès, tout ce que la plus grossière impudence peut offrir de phraséologie cynique aux imaginations les plus corrompues.

Là , se termina cette saturnale monacale. Après l'élection , l'orgie , la parade en plein vent. Trois actes publics à ce spectacle qui dura dix jours. Grâces à la galerie ouverte , les entr'actes furent joués à huis-clos (1).

(1) Les détails de cette fête sont puisés aux sources les plus dignes de foi ; je n'y ai rien mis du mien, j'ai seulement élagué les formules les plus scandaleuses,

Revenons à nos deux fugitifs, Saphor et Llinda.

Elevée dans le rigide purisme de la religion des Bons-Hommes, Llinda n'avait rien conçu à ce débordement de débauche et d'immoralité. Elle s'était trouvée mal à l'aise dans ce lieu de retraite où le vice étalait effrontément son allure dévergondée, foulant aux pieds ses vœux de continence et de chasteté, et s'ébattant au grand jour, sous les livrées de la piété et de la vertu.

Mue par cet esprit de curiosité assez naturelle à une jeune femme jetée dans un monde nouveau, elle avait suivi dans toutes ses phases cette orgie monacale. A son étonnement

je me suis borné à retracer, en le gazant, ce qui pouvait donner une idée de l'impudente immoralité du clergé, à cette époque. Cette fête, qui existait encore au 15ᵉ siècle, paraît n'avoir été qu'une imitation de celles qu'au renouvellement de l'année célébraient les nations antiques qui avaient admis le sabéisme ou religion astronomique.

avait succédé le dégoût ; il y avait si loin de
ses sensations chastes et pures, aux vicieuses
menées de ces moines et de ces religieuses
dissolues ! Il lui avait tardé de sortir de ce
cloaque, son plus sûr asile cependant. Un hasard fatal fit de son vœu une nécessité.

L'ingénieux Borreux l'a dit ; les armes à feu
n'atteignent que dans la proportion de un sur
mille. Pour tout il en est ainsi ; pour les hommes pusillanimes qui craignent la mort, il y a
des pots de fleurs sur les croisées, une tuile
qui tombe, des chiens enragés, des assassins
qui se trompent. Pour ceux qui redoutent la
misère, il y a le feu, l'eau, les banqueroutes,
la famine, la guerre. Au bout de tout cela, le
pauvre, qui râle de faim, est aussi riche que
celui qui se gorge de mets savoureux. Le
mieux est d'aller bravement à droite ou à gauche, sans regarder ni derrière ni devant, car
nul ne peut éviter son sort. Triste vérité qui

prouvera pour la cent millionième fois ce qui
se passa à l'abbaye de Cassan.

Dominique vint y loger à son retour d'une
prédication dont l'insuccès l'avait rendu furieux.

C'était, de tous les hommes, celui dont Saphor et Llinda, redoutaient peut-être le plus
la présence.

Depuis leur arrivée à Cassan, leur exis-
tance avait coulé assez douce, assez tranquille. Etrangers à la cohue de ces jours de folie,
ils s'y étaient mêlés rarement, plus heureux
de vivre isolés, seuls, qu'au milieu de ces ra-
houts, où chacun cherche à s'étourdir, non
pas de sa joie, mais de la joie apparente de son
voisin. Cependant, après le coucher du soleil,
lorsque pour se remettre des fatigues du jour
et se disposer à d'autres, les moines et les religieuses, dans leurs couvens respectifs, prolon-
geaient jusque dans la nuit leur repas du soir;

eux descendaient dans le jardin. Ils humaient
l'air si suave et si embaumé de ces pays, ensemble, à côté l'un de l'autre, leurs bras en-
trelacés. Ils pouvaient se voir, s'entendre
parler, échanger ce langage de sentiment sans
mots, sans voix, si éloquent pour les cœurs
épris, si diffus pour des cœurs indifférens.
C'était presqu'une nouvelle vie qui se révélait
à eux, toute de souvenir et d'espérance,
amère dans le passé, consolante dans l'avenir.
Ils croyaient avoir usé le malheur, lui qui,
seul, use tant d'existences; ils s'en flattaient
du moins, et cette idée leur déroulait leur
passé sans douleur et leur avenir sans pressentiment fâcheux.

Tantôt sous les sombres voûtes de verdure
de ces jardins, ils échangeaient un baiser dont
le bruit se perdait parmi les frémissemens des
feuilles. D'autrefois, les yeux levés vers le ciel,
ils se consolaient à la vue de ces milliers de

mondes roulans lumineux, et dont la terre
n'est peut-être que le lieu d'épreuve, la salle
de réflexion des francs-maçons. Le plus souvent, assis sur les bords d'un bassin devant
un jet d'eau, qui, s'élevant silencieusement, ne
bruitait qu'à sa chute, ils étaient, malgré eux,
frappés du contraste de leur existence, si
bruyante à son début et peut-être si obscure
et si ignorée à son terme.

Cette douloureuse pensée leur arracha
quelques larmes. Chacun d'eux les essuya en
cachette.

Encore émus de cette angoisse passagère,
ils suivaient pensifs une allée obscure, lorsqu'au détour, ils se trouvèrent face à face
avec un homme dont la vue les fit reculer
d'effroi.

Lui ne bougea pas.

— Vous voilà! dit-il à Saphor; il ne vous
manquait, pour appartenir à l'enfer, que d'a-

voir violé les sermens les plus saints et les plus sacrés. Vous vous êtes indignement parjuré; que votre sort s'accomplisse!

Et il continua lentement sa route.

— Je n'avais cédé qu'à la force, lui cria Saphor; la force m'a délivré, c'est le Dieu d'ici bas.

— Malheureux, tu blasphèmes! dit vivement l'inconnu. Eh bien! sois encore maudit par ton père!

Et Dominique, car c'était lui, étendit sa main sur Saphor, pour le maudire.

— Votre première malédiction m'a plongé dans l'abîme, lui dit Saphor sans s'effrayer, qu'ai-je à redouter de la seconde?

Rien au monde ne peut rendre l'expression et l'attitude de Dominique, en entendant ces paroles.

Cela se conçoit.

Il est certaines organisations énergiques,

qui, une fois familiarisées avec des principes qui flattent leurs goûts et leurs passions, ont peine ensuite à concevoir tout ce qui les heurte ou les scinde. Ce despotisme moral qu'ils exercent sur elles se révolte de l'ombre même d'une contradiction chez les autres, et toute apostrophe qui fait vibrer leurs fibres en sens contraire de leur ébranlement habituel les plonge dans un état qui tient à la fois de la stupeur et de la rage.

Plus que tout autre, Dominique était dans ce cas.

Dominant par les principes d'une religiosité et d'une sévérité farouches, appuyant sa domination par les terreurs d'une exécrable pénalité dont il disposait, il trouvait peu de contradicteurs, et son âme les concevait moins comme une exception que comme une monstruosité. Aussi, la double réplique de son fils l'attéra-t-il comme un coup de massue. C'était à la fois de l'audace et de l'immoralité, un mépris profond pour ce qu'il y avait de plus saint au monde. Il ne comptait pour rien, ce moine, le désespoir et la rage d'un cœur ulcéré.

Dans un état complet d'immobilité, ses regards plongeaient sur Saphor comme pour le clouer à la terre. Vingt fois sa bouche s'ouvrit pour parler, vingt fois les mots expirèrent sur ses lèvres. Son silence était effrayant.

Quant à Saphor il était devenu un homme; pour la première fois il avait osé parler à son père comme tel; pour la première fois il avait apprécié à sa juste valeur un mot qu'un préjugé trop exclusif peut-être gratifie d'une infaillibilité révoltante. Dans son père il avait vu le bourreau de Llinda, cette partie de lui-même : le fils avait disparu, l'homme seul était resté. Il attendait la réponse de Dominique sans crainte et sans remords.

Plus faible et moins énergique, Llinda s'était jetée à genoux.

— Relève-toi, ma Llinda, lui dit-il; l'humiliation ne convient qu'au coupable : l'innocent peut mourir, mais ne doit pas s'humilier. Viens.

Et il l'entraîna loin de ce lieu.

— Malheureux! lui cria Dominique, tu vas te perdre ! ignores-tu qu'il ne te reste plus une seule pierre où tu puisses reposer ta tête ?

— Je le sais, répondit Saphor, la cupide avarice des clercs m'a tout ravi.

— Et que deviendras-tu ?

— Je gagnerai ma vie avec mon épée.

— Ton parjure te ferme nos rangs.

— J'offrirai mon bras aux Bons-Hommes.

— Infâme! tu vas porter tes armes contre ton Dieu ?

— Et dites donc contre mes bourreaux !

s'écria Saphor, dans un accès de rage frénétique.

Dès ce moment son incertitude fut fixée.

Il s'éloigna.

Dominique resta seul, rêvant mille moyens
de faire avorter le projet de Saphor et ne s'arrêtant à aucun. Guerrier de valeur et de renom, Saphor ne combattrait pas inaperçu dans
les rangs des Bons-Hommes, et sa fatale célébrité retomberait sur lui, Dominique, en proie
à tant de haines et envié par tant d'ennemis.

Cette perspective si subversive de ses projets d'ambition le mit hors de lui. Il ne vit
plus en son fils qu'un ennemi d'autant plus
redoutable qu'en s'élevant il l'abaisserait, lui,
et que chacun de ses exploits serait une atteinte portée à sa puissance. Ayant toujours
agi de bonne foi dans ce qu'il croyait être
'intérêt de son fils, sinon dans cette vie , du

moins dans l'autre , il l'accusait d'ingratitude sans réfléchir que leur seul tort à tous les deux était d'avoir aperçu les choses d'un point de vue différent. Dans son exclusif rigorisme, le père avait envisagé, plus que tout, la vie à venir; et le fils, dans son philosophique bon sens, avait voulu tirer parti de celle-ci en avancement d'hoirie. De là tout ce que nous avons vu jusqu'à présent, et ce que nous verrons encore , ou mieux, comme dirait un ci-tateur, *indè iræ*.

Saphor connaissait trop bien son père pour croire qu'il le laisserait en repos dans l'ab-baye; aussi se hâta-t-il d'en sortir.

FIN DU PREMIER VOLUME.

TABLE

DES CHAPITRES DU PREMIER VOLUME.

FIN DE LA TABLE DU PREMIER VOLUME.

LES RÉVERBÈRES,

Chroniques de Nuit

DU VIEUX ET DU NOUVEAU PARIS,

6 vol. in-8. — 45 fr.

Les piquantes chroniques de l'*OEil-de-Bœuf* étaient un sûr garant du succès qui attendait *les Réverbères*, dans lesquels l'auteur a peint le vieux et le nouveau Paris avec le talent qu'on lui connaît.

RODOLPHE,

OU

A MOI LA FORTUNE.

2 vol. in-8. — 15 fr.

Ce livre a été déchiré par la presse qui a bien eu ses raisons pour cela, car il est une vraie peinture de caractère et d'observation du journalisme, tel que quelques hommes le font.

MARTHE LA LIVONIENNE.

2 vol. in-8. — 15 fr.

La grande figure de Pierre Ier et de la czarine Catherine qui, de fille d'auberge devint impératrice, les mœurs peu connues des habitans du Nord, la catastrophe sanglante qui termina le règne de l'autocrate russe, tels sont les principaux élémens, à l'aide desquels M. Touchard-Laosse a écrit un livre intéressant.

LE BOSQUET DE ROMAINVILLE.

2 vol. in-8. — 15 fr.

Les Amours d'un Poète.

2 vol. in-8. — 15 fr.

LA PUDEUR ET L'OPÉRA.

(*Deuxième édition.*)

4 vol. in-12. — 12 fr.

L'AMOUR D'UNE FEMME,

PAR CHARLOTTE DE SOR,

Auteur des *Souvenirs du duc de Vicence.*

2 vol. in-8. — 15 fr.

AUGUSTE RICARD.

COMME ON GATE SA VIE,

ESQUISSES CONTEMPORAINES.

5 vol. in-12. — 15 fr.

Comme on gâte sa vie n'est pas seulement un roman écrit avec goût et rempli d'intérêt, c'est un livre dont le but est moral, ce qui en fait un ouvrage utile, car la pensée de l'auteur, philosophiquement développée, peut donner plus d'une bonne leçon à qui saura en profiter.

LA CHAUSSÉE D'ANTIN.

2 vol. in-8. — 15 fr.

Ce livre, impatiemment attendu par les nombreux lecteurs d'Auguste Ricard, a paru. L'observateur populaire s'est fait homme du monde pour nous faire connaître la bonne compagnie, et son ouvrage, qui est bien supérieur à tout ce qu'il a écrit jusqu'à ce jour, a produit une certaine sensation dans le monde littéraire. Une deuxième édition est sous presse.

E.-L. GUÉRIN.

LE
TESTAMENT D'UN GUEUX.

2 vol. in-8. — 15 fr.

Un drame fortement conçu, emprunté à une chronique bourgeoise de la restauration, a donné l'idée de ce nouveau roman, dont le genre populaire et le ton de vérité annonce un esprit d'observation habile à saisir les nuances et à les analyser ; le Jean Fréju, joueur d'orgue philosophe, lorsque la journée a été mauvaise ; Christophe, le garçon teinturier, le type de cette classe ouvrière qui chaque jour s'éclaire et apprend à connaître ses droits, sont surtout tracé avec un abandon qui laisse soupçonner que l'auteur a écrit avec l'original sous les yeux. L'intrigue du *Testament d'un Gueux* était trop intéressante pour échapper aux corsaires littéraires qui alimentent nos entreprises dramatiques ; un théâtre des boulevarts a reçu un drame sur ce sujet, qu'il doit bientôt offrir à ses habitués.

Magdeleine la Repentie.

2 vol. in-8. — 15 fr.

C'est l'histoire touchante d'une pauvre fille trahie et abandonnée, alors qu'une promesse sacrée lui donnait la certitude de devenir l'épouse de celui qui la délaisse pour un peu d'or. L'arrivée de Magdeleine dans cette ville de Paris, que tant de gens croyent hospitalière, la lutte qu'elle a à soutenir contre la misère et les grossières séductions de ces corrupteurs de bas étage, la faute inévitable qu'elle commet, son repentir, et le noble dévouement de l'homme qui la réhabilite à ses propres yeux, ont fourni à M. Guérin des scènes aussi dramatiques que vraies, aussi touchantes que naïvement écrites ; c'est sans contredit un des meilleurs ouvrage de ce jeune auteur.

LE MARI DE LA REINE,

ou

L'ANGLETERRE EN 1546.

(Deuxième édition.)

4 vol. in-12. — 12 fr.

C'est la peinture historique de la cour de Henri VIII, ce tigre couronné qui divorçait avec l'aide du bourreau ; le caractère d'un Écossais qui se fait espion pour se venger des oppresseurs de son pays ; la situation dramatique de lord Latimer, auquel le roi prend sa femme de son vivant, et veut la rendre veuve ensuite, par un assassinat ; l'intrigue compliquée au milieu de laquelle s'agite les principaux personnages de la cour de Henri VIII, donnent à ce roman cette forme originale que nos auteurs ne rencontrent pas toujours ; aussi ce livre a-t-il été lu ; une deuxième édition en dit plus que tous les éloges.

—

CHRONIQUES DU PALAIS-ROYAL.

MADAME DE PARABÈRE,

MAITRESSE DE PHILIPPE D'ORLÉANS, RÉGENT DE FRANCE.

2 vol. in-8. — 15 fr.

La régence de Philippe d'Orléans a fourni de nombreux épisodes à nos écrivains. M. Guérin a su glaner un sujet intéressant et des scènes du plus haut intérêt en fouillant dans cette libidineuse époque, et en mettant en scène le financier Law, de désastreuse mémoire, la comtesse de Parabère, si libertine, si intrigante, et le nombreux cortège de ses amans à la tête duquel marchait le régent. C'est un ouvrage écrit avec la verve qu'un semblable sujet exigeait.

LE ROI DES HALLES.

2 vol. in-8. — 15 fr.

Le duc de Beaufort, ce héros de la Fronde, ce grand seigneur qui trouvait la populace bonne compagnie, Mademoiselle de Montpensier, cette Jeanne-d'Arc du sang royal, et les principaux personnages du temps de la Fronde, Gaston, Retz, Condé, Mazarin, figurent dans cette composition historique à laquelle on ne peut adresser qu'un reproche : celui d'avoir été écrit consciencieusement, autrement dit, l'auteur a préféré la vérité historique à la fiction du roman, plus intéressante, sans doute, mais déplacée dans un livre où les principaux évènemens sont connus. Un style concis, animé, des portraits ressemblans, une fidélité scrupuleuse dans le récit des faits, voilà ce qui assure au *Roi des Halles* des lecteurs parmi les gens éclairés.

—

LE MARQUIS DE BRUNOY,

HISTOIRE DU TEMPS DE LOUIS XV.

2 vol. 8. — 15 fr.

Le marquis de Brunoy est une fastueuse illustration d'une époque si riche en dissipateurs. Le noble fou qui dépensait 300,000 livres pour une procession de village, et qui parodia 89, vingt années avant l'ère révolutionnaire, appartenait aux romanciers. M. Guérin s'en est emparé, et a su donner une couleur originale au personnage que Frédérick-Lemaître, le créateur de *Robert-Macaire*, a cherché, mais vainement, à nous rappeler sur la scène des Variétés. Une postiche, mêlée de couplets, était insuffisante pour retracer un sujet qui exigeait de longues proportions et une plume plus habile que celle des fournisseurs de l'ariette et des quolibets débités par Odry et ses adhérens.

—

La Modiste et le Carabin.

2 vol. in-8. — 15 fr.

Paul de Kock, ce génie lumineux qui ternit chaque jour, n'aurait pas désavoué, au temps de ses meilleurs romans, *la Modiste et le Carabin;* c'est qu'il y a beaucoup de gaîté, d'observation de mœurs, de détails vrais, et surtout, ce qui est nécessaire dans un ouvrage de ce genre, un drame intéressant et habilement conduit.

MŒURS POPULAIRES.

LA FLEURISTE.

2 vol. in-8. — 15 fr.

L'IMPRIMEUR.

5 vol. in-12. — 15 fr.

LES DEUX CARTOUCHE

DU DIX-NEUVIÈME SIÈCLE.

4 vol. in-12. — 12 fr.

LE SERGENT DE VILLE.

2 vol. in-8. — 15 fr.

UNE FILLE DU PEUPLE,

ET

UNE DEMOISELLE DU MONDE,

ROMAN DE LA VIE INTIME.

2 vol. in-8. — 15 fr.

LE BARON DE LAMOTHE-LANGON.

Les nombreux succès obtenus par cet écrivain, le plus fécond, sans contredit, de l'époque, nous dispensent d'en faire l'éloge. Le public a lu tous les ouvrages de M. Lamothe-Langon, et chacune de ses publications est accueillie avec cet empressement que les précédens de l'auteur justifient et expliquent.

MADEMOISELLE DE ROHAN,

ROMAN HISTORIQUE.

2 vol. in-8. — 15 fr.

Bonaparte et le Doge.

2 vol. in-8. — 15 fr.

MONSIEUR ET MADAME.

2 vol. in-8. — 15 fr.

L'AUDITEUR AU CONSEIL-DÉTAT.

2 vol. in-8. — 15 fr.

LE GAMIN DE PARIS.

5 vol. in-12. — 15 fr.

Les flibustiers dramatiques ont déchiqueté ce livre pour en faire la pièce de ce nom, dans laquelle l'acteur Bouffé a montré un talent si naïf et si vrai.

GAGLIOSTRO,

OU

L'INTRIGANT ET LE CARDINAL.

2 vol. in-8. — 15 fr.

LA PRINCESSE

ET

LE SOUS-OFFICIER.

5 vol. in-12. — 15 fr.

LE DIABLE.

5 vol. in-12 — 15 fr.

Le Fils de l'Empereur.

5 vol. in-12. — 15 fr.

LE ROI ET LA GRISETTE.

2 vol. in-8. — 15 fr.

MÁXIMILIEN PERRIN.

M. Perrin a su trouver de nombreux lecteurs en adoptant un genre dans lequel Paul de Kock n'avait jadis pas de rivaux; de la gaîté, un peu bouffonne quelquefois, des scènes qui ne manquent pas de vérité, de la facilité dans les détails ont assuré à cet auteur une assez belle place dans notre littérature romancière.

La Demoiselle de la Confrérie.

2 vol. in-8. — 15 fr.

L'AMOUR ET LA FAIM.

2 vol. in-8. — 15 fr.

LA FILLE DE L'INVALIDE.

2 vol. in-8. — 15 fr.

LA SERVANTE-MAITRESSE.

2 vol. in-8. — 15 fr.

La Femme et la Maîtresse.

2 vol. in-8. — 15 fr.

LES MAUVAISES TÊTES.

2 vol. in-8. — 15 fr.

SOIRÉES D'UNE GRISETTE,

EN L'ATTENDANT!

(Deuxième édition.)

4 vol. in-12. — 12 fr.

LA GRANDE DAME

ET

LA JEUNE FILLE.

2 vol. in-8. — 15 fr.

Le Prêtre et la Danseuse.

4 vol. in-12. — 12 fr.

LA COMTESSE O*** D***.

LA FEMME DU BANQUIER.

(Deuxième édition.)

4 vol. in-12. — 12 fr.

L'aristocratie financière a trouvé un rude historien dans l'auteur des *Mémoires d'une femme de qualité*; on sait la touche fine et délicate avec laquelle cette dame nous a initié aux petits mystères de la cour de Louis XVIII; elle n'a pas été moins heureuse en nous retraçant les infortunes conjugales d'un Turcaret du centre.

ÉDOUARD OURLIAC.

L'ARCHEVÊQUE

ET

LA PROTESTANTE.

4 vol. in-12. — 12 fr.

JEANNE LA NOIRE.

(Deuxième édition.)

4 vol. in-12. — 12 fr.

LE BARON DE BILDELBERK.

L'INDUSTRIEL,

OU

NOBLESSE ET ROTURE.

2 vol. in-8. — 15 fr.

Ce roman a fourni à M. de Rougemont le drame si intéressant de la *Duchesse de la Vaubalière*.

LE BRACONNIER

ET

SON SEIGNEUR.

4 vol. in-12. — 12 fr.

LE NOBLE ET L'ARTISAN.

4 vol. in-12. — 12 fr.

JACQUES-COEUR,

ARGENTIER DU ROI CHARLES VII.

2 vol. in-8. — 15 fr.

LA COUR PRÉVÔTALE.

5 vol. in-12. — 15 fr.

L. COUAILHAC.

AVANT L'ORGIE,

ROMAN HISTORIQUE.

2 vol. in-8. — 15 fr.

PITIÉ POUR ELLE!

2 vol. in-8. — 15 fr.

SPINDLER.

LES TROIS AS,

2 vol. in-8. — 15 fr.

LE JÉSUITE.

5 vol. in-8. — 15 fr.

LA DANSE DES ESPRITS.

2 vol. in-8. — 15 fr.

Les traductions de l'auteur allemand sont dues à la plume élégante et facile de M. Carle Ledhuy, qui a entrepris de nous faire connaître les œuvres si estimées de Spindler; la *Nonne de Gnadenzell, le Jésuite*, ont prouvé que cette tentative n'avait pas été infructueuse pour les éditeurs.

CARLE LEDHUY.

LA BELLE PICARDE.

2 vol. in-8. — 15 fr.

Comment Meurent les Femmes.

2 vol. in-8. — 15 fr.

HYPPOLITE VALLÉE.

PAUVRE JEANNETTE!

2 vol. in-8. — 15 fr.

LA FIGURANTE.

4 vol. in-12. — 12 fr.

LE BIGAME.

4 vol. in-12. — 12 fr.

LES CHEVALIERS D'INDUSTRIE.

4 vol. in-12. — 12 fr.

L'ÉLÈVE

DE

L'ÉCOLE POLYTECHNIQUE.

3 vol. in-12.

———

ROMANS NOUVEAUX DE DIVERS AUTEURS.

LES VILAINS ET LES CONTREBANDIERS, chroniques jurassiennes, par BONVALLOT. 2 vol. in-8.   15 fr.

LA MARQUISE ET LA JOLIE FILLE DES HALLES, par Alfred de BEAULIEU. 2 vol. in-8.   15 fr.

LA PAYSANNE ET LE DANDY, par GUY-D'AGDE. 2 vol. in-8.   15 fr.

LE DÉMON DU MIDI, par Alfred de SERVIEZ. 2 vol. in-8.   15 fr.

LE VOLEUR ET LA GRISETTE, par Marie AYCARD. 2 vol. in-8.   15 fr.

LES DEUX COMMANDEURS, par Anatole GERBER, 2 vol. in-8.   15 fr.

LAURETTE ET JULIA, par madame de GENLIS. 1 vol. in-8.   7 fr.

UNE MAITRESSE DE KLÉBER, par MAIRE, 2 vol. in-8.   15 fr.

L'AMI INTIME, par H. VALLÉE. 4 vol. in-12.   12 fr.

LA FILLE DU PAUVRE JACQUES, par DESMOLIÈRE et CHAUFFER. 4 vol. in-12.   12 fr.

———

ROMANS NOUVEAUX SOUS PRESSE.

LES NUITS DE VERSAILLES, ou les Grands seigneurs en déshabillé, par E.-L. GUÉRIN. 4 vol. in-8.

L'ESPION RUSSE, ou la Société parisienne, par la comtesse O*** D***. 2 vol in-8.

LA CLOCHE DU TRÉPASSÉ, par le baron de LAMOTHE-LANGON. 2 vol. in-8.

LA MAITRESSE DE MON FILS. 2 vol in-8.

UNE CANTATRICE. 2 vol. in-8.

LES DAMES DE LA COUR, par E.-L. GUÉRIN. 2 vol. in-8.

LE BOUDOIR ET LA MANSARDE, roman entièrement inédit, par Michel RAYMOND. 2 vol. in-8.

LA DUCHESSE DE VALOMBREY, par madame JUNOT d'ABRANTÈS. 2 vol. in-8.

LES DEUX MOINES, par M. LEYNADIÈS. 2 vol. in-8.

NI L'UN NI L'AUTRE, par Auguste RICARD.

UN ROMAN, par G. TOUCHARD-LAFOSSE.

L'AMANT DE MA FEMME, par Maximilien PERRIN. 2 vol. in-8.   15 fr.

LA RUE DE LA FIDÉLITÉ, par le baron de BILDELBERK. 2 vol. in-8.   15 fr.

VIERGE ET MODISTE, par Maximilien PERRIN, 2 vol. in-8.   15 fr.

UN SERVICE D'AMI, par le baron de BILDELBERK, 2 vol. in-8.   15 fr.

REINE ET SOLDAT, par le baron de LAMOTHE-LANGON. 2 vol. in-8.   15 fr.

LAGNY. — Imp. d'A. LE BOTER et COMP.

Sous Presse,

L'AMANT DE MA FEMME,

Roman de mœurs,

PAR MAXIMILIEN PERRIN.

2 vol. in-8. — 15 fr.

NI L'UN NI L'AUTRE,

HISTOIRE INTIME,

PAR AUGUSTE RICARD.

2 vol. in-8. — 15 fr.

REINE ET SOLDAT,

Roman historique,

PAR LE BARON DE LAMOTHE-LANGON.

2 vol. in-8. — 15 fr.

L'HOTEL DE SENS,

Roman historique,

PAR AMÉDÉE DE BAST.

LAGNY. — Imp. d'A. Le Butez et Comp.